앨리 스미스 Ali Smith

앨리 스미스는 스코틀랜드의 인버네스에서 태어나 현재 잉글랜드의 케임브리지에 살고 있다. 스미스는 18권의 책을 썼으며, 이 작품들은 40개 언어로 번역 출간되었다. 스미스의 소설들은 맨부커상과 베일리스 여성 문학상 최종 후보에 각각 네 차례와 두 차례 올랐으며, 2015년에 『둘 다 되는 법(How to be Both)』이 베일리스 여성 문학상을 수상했다. 이 소설은 골드스미스상과 코스타상을 수상하기도 했다. 계절 4부작 중 마지막 작품인 『여름(Summer)』으로 2021년 가장 뛰어난 정치 소설에 수여하는 오웰상을 수상했다. 2022년 앨리 스미스는 오스트리아에서 수여하는 유럽 문학상을 수상했다.

이어지는 이야기

이어지는 이야기

앨리 스미스
김재성 옮김

민음사

COMPANION PIECE
by Ali Smith

니컬라 바커와 세라 우드에게

사랑을 담아

영원히 사는 사람들의 온유한 골짜기.
그들은 초록빛 물가를 걸으며
붉은 잉크로 내 가슴 위에
심장과 친절한 환영의 표식을 그린다.

— 체스와프 미워시

이제 마도요는 나에게 그들의 먼지 묻은 입들에 입 맞추라고 울부짖는다.

— 딜런 토머스

날아가며 모든 것을 보는,
용서 없는 양심을 가슴에 품고
하늘로 비상하는
새처럼 수동적이다.

— 피에르 파올로 파솔리니

모든 예술은 망치와 손에 의해 이루어진다.

— '고명한 대장장이 협회' 좌우명

일러두기

1 본문의 각주는 모두 옮긴이 주이다.

2 원작에서 이탤릭체 등으로 강조된 부분은 고딕체로 구분했다.

차례

선택하세요

안녕, 안녕하세요, 안녕하세요. 그런데 이게 다 뭡니까?

신화 속의 사나운 삼두견(三頭犬) 케르베로스가 (머리 하나당 한 번씩 여보세요) 부르는 소리다. 고대 신화 속에서 그는 명계의 사자(死者)들이 도망치지 못하게 지옥문을 지키는 파수견이다. 날카로운 이빨에 뱀의 머리 세 개가 뒷목에 갈기처럼 곤추서 있는 그는 평범한 영국 순사, 즉 영국 경관으로 보이는 상대에게 보드빌풍 영어로 말하고 있다.

이 영국 경관은 그러나 현시대의 사람, 그러니까 가장 최신 버전으로 업데이트된 부패 경관으로, 스틱스강을 건너 명계 입구에 도착한 후에 케르베로스의 머리 하나씩에게 본인과 다른 경관들이 재미난 일을 하는 재미난 사진들을 보여 주는 중이다. 그것은 이를테면 본인과 동료들이 요즘 이용하는 재미난 경관 앱에 스스로 올린 실제 살인 피해자들의 시체 사진들에 V 자를 그린다든가 재미난 인종차별적, 성차별적 논평을 추가하는 따위다. 이런 일들이 구주 탄생 이천이백하고도 스물한 번째 해에 유니언잭의 나라에서 벌어지고 있다. 이 이야기 또한 같은 시공에서 벌어지는데, 그 시작은 이렇다. 어느 날 저녁, 나는 거실 소파에 앉아 허공을 바라보며 상상과 현실의 끔찍한 측면들 사이의 만남을 상상하고 있다.

케르베로스는 눈썹 하나 까딱하지 않는다. 맘만 먹으면 눈썹쯤이야 동시에 여섯 개도 올릴 수 있겠으나, 이런 것들이 이미 다 봐 온 것들이라 식상해서다. 시체들이야 계속 쌓여 올라가든 말든. 슬픔에 빠졌으나 아닌 듯 처신하라는 끝없는 압력에 세뇌당하는 슬픔에 빠진 사람들의 나라에서는 시체야 많을수록 즐겁지 않겠는가.

비극 대 소극(笑劇).

개에게 정말 눈썹이 있나?

그럼. 신화에서는 핍진성이 중요하잖아, 샌드.

굳이 그러고 싶었다면 소파에서 일어나 방을 가로질러 아버지 개의 얼굴을 확인해 볼 수도 있었다.

하지만 개에게 눈썹이 있는지 여부는 이제 지쳐서 관심이 없다.

지금이 어느 계절인지 관심이 없다.

오늘이 무슨 요일인지 관심이 없다.

바로 그 순간 나에게는 모든 게 개똥 무더기의 개똥이나 다름없었다. 그딴 말장난이나 즐기는 나 자신이 혐오스러울 정도였는데, 그건 나답지 않은 것이었다. 나는 평생 언어를 사랑해 왔고 그것은 나의 으뜸가는 개성이었으며 나는 그것의 변함없는 단짝이었다. 그런데 바로 그때는 말들과 그 말들이 할 수 있거나 없는 모든 일들도, 그냥 제기랄 꺼져 줘라, 싶을 따름이었다.

그때 탁자 위의 전화가 울렸다. 어두운 실내에서 전화기가 밝게 빛났다.

나는 그것을 들어 바라보았다.

병원은 아니었다.

오케이.

모르는 번호였다.

내가 그 전화를 받았다는 사실부터가 지금도 신기하다. 아버지의 옛 상사 또는 동료가 소식을 듣고 상태가 어떤지 알아보려는 거라고 생각했던 것 같다. 아직도 그런 것들에는 일말의 책임감을 느꼈다. 그래서 답변을 준비했다. '아직 안심할 단계는 아니고요. 계속 간호 받고 계세요.'

여보세요? 내가 말했다.

샌디?

네. 내가 대답했다.

나야. 어떤 여자가 말했다.

음. 아직도 누군지 모르는 채 내가 대답했다.

그녀가 자기 이름을 댔다.

결혼 후의 성은 펠프이고, 그때는 마티나 잉글리스였어.

잠시 생각을 해 보자 기억이 떠올랐다.

마티나 잉글리스.

그녀는 대학 동창이었다. 같은 학번, 같은 과였다. 친구라기보다는 면식이 있는 정도에 가까웠다. 아니, 그마저도 아니었다. 면식이 있는 정도보다 덜했다. (나도 모를 경로로) 아버지 소식을 듣고 거의 모르는 사이였지만, 뭐랄까, 힘이 되어 주려고 전화했나 보다(내 번호를 어떻게 알았는지 모르겠지만) 생각했다.

그런데 아버지 이야기는 나오지 않았다.

내가 어떻게 지내는지, 뭘 하고 있는지, 그런 통상적인 질문도 하지 않았다.

그래서 내가 전화를 끊지 않은 것 같다. 어떤 허울도 느껴지지 않았다.

한동안 나와 이야기를 하고 싶었노라고 그녀가 말했다. 지금 한 국립박물관에서 보조 큐레이터로 근무하고 있는데(내가 그런 일을 하게 되리라고 상상이나 해 봤니?) 봉쇄가 잠깐 풀린 사이 해외 당일출장을 갔다 왔다고 했다. 중세 후기와 르네상스 초기의 유물 순회전시를 방문해서 영국제 금속 자물쇠-열쇠 장치를 직접 공수해 오는 임무였다며, 시대를 훨씬 앞서갔고 드물게 아름답고 훌륭하며 역사적 중요성이 상당한 장치라고 덧붙였다.

그녀는 저녁에 도착해 출입국관리소에서 줄을 섰다. (디지털 단말기 대부분이 작동을 안 해) 여권을 하나하나 수동으로 검사하고 있어서 줄이 쉽사리 줄지 않았다. 마침내 줄 맨 앞에 도착했는데 화면 뒤의 남자가 여권이 틀리다고 그녀에게 말했다.

무슨 말인지 이해되지 않았다. 틀린 여권이란 게 어떻게 있을 수 있지?

아, 잠깐만요. 그녀가 말했다. 알겠어요. 출국할 때 사용한 게 아닌 다른 여권을 제시했나 보네요.

출국할 때 사용한 게 아닌 다른 여권이라뇨? 화면 뒤의 남자가 말했다.

제가 여권이 두 개예요. 그녀가 말했다.

그녀는 안에 껴입은 상의 주머니에서 다른 여권을 꺼냈다.

이중국적이요. 그녀가 말했다.

나라가 하나로는 부족한가요? 화면 뒤의 남자가 말했다.

네? 그녀가 말했다.

나라가 하나로는 부족하냐고 물었습니다. 남자가

다시 말했다.

그녀는 마스크 위의 눈을 바라보았다. 웃고 있지 않았다.

그거야 그쪽 사정이 아닌 제 사정이지 않을까요? 그녀가 말했다.

그가 그녀에게서 다른 여권을 받아 펼치고 바라보았다. 이어서 두 여권을 동시에 본 다음, 화면을 보고 뭐라고 쳐 넣었다. 어느새 유니폼을 입고 마스크를 쓴 공무원 둘이 그녀 뒤로 바짝 다가와 양옆에 서는 게 보였다.

오늘 여기까지 오는 데 사용한 항공권을 보고 싶은데요. 화면 뒤의 남자가 말했다.

그녀는 전화기를 꺼내 화면을 내려 가며 항공권을 찾아서 남자 쪽으로 돌려 보여 주었다. 공무원 중 하나가 그녀 손에서 전화기를 빼앗아 화면 뒤의 남자에게 건네줬다. 남자는 전화기를 그녀의 여권들 위에 올려놓은 다음 책상 위에 놓인 병에서 손세정액을 덜어 손을 닦았다.

이쪽으로 와 주시겠어요? 다른 공무원이 말했다.

왜요? 그녀가 말했다.

통상적인 점검입니다. 다른 공무원이 말했다.

그들이 그녀를 데려가기 위해 발걸음을 옮겼다.

저분이 아직 제 전화기를 갖고 있어요. 여권 두 개도 그렇고요. 그녀가 말했다.

적절한 때에 돌려드릴 겁니다. 그녀 뒤에서 공무원이 말했다.

하나의 문을 지나고 또 다른 문을 지나자 달랑 스캐너 하나뿐인 헐벗은 복도가 나타났다. 그들은 그녀의 유일한 기내반입 수하물인 가방을 스캐너에 통과시켰다. 가방 안에는 자물쇠-열쇠 장치가 소형 패킹상자에 담겨 들어 있었다.

상자에 들어 있는 저것은 어떤 종류의 무기냐고 그들이 물었다.

웃기지 좀 마세요. 딱 봐도 저게 어떻게 무기예요? 그녀가 말했다. 넓적한 것은 자물쇠예요. 16세기에 어느 남작이 금궤 자물쇠로 사용했죠. 그 옆에 길쭉한 건 칼이 아니라 자물쇠의 본래 열쇠예요. 부스비 자물쇠(Boothby Lock)라고 하는데요. 중세 후기와 르네상스 초기의 영국 금속세공에 관해 조금이라도 아는 사람이라면 이게 무척 중요한 역사적 유물이자 대장 기술의 찬란한 본보기라는 사실을 알 거예요.

공무원이 패킹상자를 칼로 거칠게 열었다.

꺼내면 안 돼요! 그녀가 말했다.

그는 포장된 자물쇠를 꺼내 들고 무게를 가늠했다.

도로 넣어요. 그녀가 말했다. 당장 도로 집어넣어요.

그녀의 어조가 하도 맹렬해 이 손 저 손 옮겨 가며 무게를 가늠하던 공무원이 동작을 멈추고 좀 딱딱한 태도로 물건을 패킹상자에 도로 집어넣었다.

그러자 다른 공무원이 그녀가 정말 자신이 말하는 그런 사람인지 입증하라고 요구했다.

어떻게요? 그녀가 물었다. 여기서 이미 내 여권들을 갖고 있잖아요. 전화기도 그렇고.

국가 유물 운반을 허가하는 어떤 공문도 갖고 있지 않다는 건가요? 패킹상자를 든 공무원이 말했다.

그들은 그녀를 접견실이라는 곳으로 옮기려고 했다. 그녀는 뉴스에서 본 시위자들이 그랬듯 체중을 실어 양손으로 스캐너 벨트 가장자리를 붙잡고 늘어지면서, 찢긴 패킹상자를 돌려받아 부스비 자물쇠와 열쇠가 안에 무사히 잘 있는지 확인하기 전에는 어디로도 순순히

가지 않겠다고 버텼다.

그들은 탁자 하나, 의자 두 개가 전부인 작은 방에 패킹상자가 든 가방이랑 그녀를 넣고 가두었다. 탁자와 의자들은 다 회색 플라스틱과 알루미늄으로 만든 것이었다. 탁자에는 전화가 없었다. 창도 없었다. 손을 흔들거나 신호를 보내려고 카메라가 있는지 벽을 봤는데 없었다. 물론 보이지 않는 곳에 설치된 카메라가 있을 수 있지만 그게 어디 있을지 어떻게 아니, 샌드, 하지만 요즘에는 아주 작은 초소형 렌즈로도 못 하는 게 없거든. 초파리보다 작은 렌즈 말이야. 그런데 그 방 안에는 살아 숨 쉬는 생물 비슷한 건 나 말고는 하나도 없었어. 그리고 문 안쪽에는 손잡이가 없었고, 옆에서 아무리 밀어도 문은 열리지 않았다. 아래쪽의 긁힌 자국들과 파인 홈들은 전에 이 방에 갇혔던 사람들이 문을 열려고 몸부림친 흔적이었다. 아무리 문을 두드려도 화장실이 어딘지 알려 주거나 데려가 주는 사람도 없고, 방에는 휴지통도 없었다. 그렇게 갇힌 채로 상당히 오랜 시간이 지나갔다.

그리고 그들은 접견도, 설명도 없이 그녀를 풀어 줬다. 전화기는 돌려주었으나 여권들은 적절한 때에 돌려드릴 거라고 그녀가 나가는 길에 접수계에 앉은 여자가 말했다.

여권은 둘 다 아직도 못 받았어. 그녀가 말했다. 어떻게 된 건지 모르겠어. 날 거기 집어넣고 그냥 잊어버린 건지 아니면 고의로 잊어버린 건지.

둘 중 어느 쪽이든, 내가 말했다. 대단한 이야기네. 일곱 시간이라니.

더하기 반. 그녀가 말했다. 하루 종일이잖아. 새벽 네 시 반에 출입국관리사무소에 줄을 섰는데 하루가 통째로 지나갔어. 그 삭막한 방에 일곱 시간 반을 갇혀 있었다고.

긴 시간이지. 내가 말했다.

굉장히. 그녀가 말했다.

이어서 내게 무엇이 기대되고 있는지 나는 알았다. 일곱 시간 반 동안 그 삭막한 방에서 뭘 했느냐고 물어야 했다. 하지만 나는 예절이며 사교적 대화상의 격식 따위에 지쳐서 이제 관심이 없어진 상태였다.

나는 버텼다.

십 초쯤 말없이 가만히 있었다.

음, 여보세요? 그녀가 말했다.

왜 그런지 모르지만 그녀 목소리의 무언가가 버티고 있는 행위에 죄책감을 느끼게 했다.

그래서 그 긴 시간 동안 거기서 뭘 했는데? 내가 물었다.

아, 사연이 좀 있어. 그녀가 말했다. (내가 해야 할 말을 해 주어 얼마나 다행으로 여기는지가 묻어나는 목소리였다.) 전화를 한 이유도 사실 그거고. 있잖아, 이상한 일이 일어났어. 아무한테도 말 안 했는데, 달리 누구한테 말해야 좋을지 모르겠고. 그러니까, 생각을 해 봐도 떠오르는 얼굴이 없더라. 그러다 지난주에 생각이 났어. 샌디 그레이. 옛날 대학에서 만났던 그 샌드. 걔라면 이걸 어떻게 이해해야 할지 알 거야, 이렇게 말이지.

이해라니, 뭘? 내가 말했다. 그리고 곧바로 후회했다. 모든 게 변해 버린 이후 표면상으로는 다른 사람들이 그렇듯 힘은 들어도 괜찮은 척해 가며 그럭저럭 살아가지만, 사실은 너무 많은 게 변해 버려 나 자신마저 예전의 그 사람이 더 이상 아닌 것 같았기 때문이다.

처음에는, 그녀가 말했다. 두 손을 포개 무릎에 올려

놓고 아무것도 안 하고 그냥 앉아 있었어. 분노가 치밀었지만 애써 달랬지. 그놈의 접견인지 뭔지 어디 한번 해 보자, 대비하면서 말이야.

그런데 방이 꽤 추워지더라고. 그래서 일어나서 조금 걸었어. 아주 큰 방은 아니었는데 이쪽에서 저쪽으로 달려갔다 돌아서 반대 방향으로 또 달리고 그러다 보니 작은 공간인데도 현기증이 나더라. 밀실공포증 같은 게 없어서 그나마 다행이었어.

다시 문을 열어 보려고 해 봤어. 하지만 도구가 전혀 없었어. 사실 부스비 열쇠를 꺼내 그 날을 사용할까 하는 생각도 들었어. 가시 같은 고리가 달린 갈퀴로 문 아래쪽을 걸어 밀면 움직일지 모른다 싶었거든. 하지만 부스비를 손상시키는 일은 절대, 무슨 일이 있어도 할 수 없었어.

그러다 문득 드는 생각이, 부스비와 단둘이 있어 본 적이 없다는, 아니, 제대로 들여다본 적도 없다는 거였어.

그래서 가방에서 이미 그 사람들이 칼로 열어젖혀 망가뜨린 그 조그만 상자를 꺼냈어. 작은 보자기에 싸인 두 물건을 상자에서 꺼내 탁자에 올려놓았지. 그리고 자물쇠의 포장을 풀어 천에 싸인 그대로 내 앞에 내려놨어. 아, 샌드, 그 부스비 자물쇠는 누가 만들었는지 몰라도 신묘한 마술 그 자체야. 너 본 적 있어?

아니. 내가 말했다.

들어 본 적은?

없어. 내가 말했다.

구글로 검색해 봐. 맘에 들 거야. 어느 누구보다도 너는 제대로 알아볼 테니.

존재하는 줄도 거의 기억 못 했고 굳이 전화를 걸어 일깨워 주지 않았다면 계속 존재하지 않았을 사람이 나의 어떤 버전을 머릿속에서 보존해 온 나머지 내가 뭔가를 '알아볼' 거라고 생각한다?

구글로 찾아본들 진품을 육안으로 보는 것에는 댈 수도 없겠지만. 그녀가 말했다. 정말 아름답거든. 정말 교묘하기도 하고. 그냥 봐서는 그게 자물쇠라는 걸, 그러니까 그 안에 어떤 기계장치가 들어 있다는 걸 알 수가 없어. 열쇠가 어디로 어떻게 들어가 그걸 열 수 있는지는 더욱 그렇고. 어딜 봐야 하는지 알아도 찾기가 꽤 어려워. 담쟁이덩굴로 뒤덮인 자물쇠처럼 만들어져 있는데 담쟁이덩굴이라는 단어로는 불충분한 게, 개개의 금속 담쟁이 잎이 진짜 담쟁이 잎과 너무 닮았어. 진짜 담쟁이 잎이 아니라는 건 물론 알지만, 그래도 손으로 잡아 보면 진짜 담쟁이 잎처럼 나긋나긋할 것만 같은 느낌이 들어. 그리고 그걸 보고 있으면 자라고 있는 진짜 담쟁이 잎이 얼마나 놀라운 것인지 새삼 깨닫게 되고. 덩굴손들도 내가 보고 있는 동안에 실제로 길어지고 있는 것 같다니까. 정말로 섬세하고 뭐랄까, 다른 표현이 생각이 안 나는데, 어떤 리듬이 있는 거야. 낭창낭창, 움직이는 듯 말이야. 그걸 모두 눈에 담고 나면 남작인지 누군지가, 그것으로 잠갔던 그 무엇 위로 덩굴손들과 잎들이 쑥쑥 자라나는 것만 같아. 자물쇠 역사가들에 따르면 자물쇠 부분은 극도로 강인한 재질이라는데 열어서 들여다보면 전혀 그렇게 보이지 않아. 나야 기계장치 파악은 꿈도 못 꾸지만 박물관 상사들 말로는 그 시대 것 중, 아니, 어느 시대고 가장 따기 어려운 자물쇠에 속한대. 정교한 홈 기계장치가 특히 독창적이라 전후 두 세기 동안 비슷한 유례조차 없고, 그러니까 당시로서는 정말 기가 막힌 고도의 기술이라는 거야. 그 시절은

금속이 통상 더 거칠었거나, 또는 이게 제작됐던 지방은 그랬다는 말인데, 이런 수준의 뭔가를 만드는 데 필요한 기술은 가히 상상할 수도 없는 게, 자르고 형태를 만드는 도구가 굉장히 원시적이었을 것이기 때문이라는 거지. 어쨌든 나는 그걸 감히 쥐어 보려고도 못 했어. 그것은 그 삭막한 방의 탁자 위에서 천에 싸인 채 형광등 불빛을 받아 반짝이고 있었어. 수세기의 색채가 담긴 금속이 너무나 아름다워 화장실이 급하다는 사실조차 한동안 잊을 정도였지.

생리적인 욕구가 다시, 처음보다 훨씬 절박하게 고개를 치켜들었어. 요전에 문을 마구 두드렸을 때 아무 응답이 없었으니 이번에도 그러면 그 안에서 어떻게 해야 할지, 또는 안 하려고 노력해야 할지, 하하, 겁이 나기 시작하더라. 바로 그때였어, 소리가 들린 건.

그녀가 말을 멈췄다.

그 사람들이 드디어 돌아왔군. 내가 말했다.

아니야. 그녀가 말했다. 아무도 아니었어. 음, 누군가이긴 했지만 신체적으로는 아니었어. 내 말은, 누군가가 말하는 소리가 들렸어, 마치 누가 방 안에 있는 것처럼. 그런데 방 안에는 나뿐이었어. 기이했어. 말 자체도 기이했고.

그래서 아마 옆방에 누가 있는 거겠지, 내 뒤의 벽 너머로 그 사람이 말하는 소리를 듣고 있는 거겠지 생각했어. 그런데 그게 놀랄 만큼, 지금 네 목소리만큼이나 또렷한 거야. 어쨌든 간단히 말해서, 네게 전화를 건 이유가 이거야.

벽 너머로 기이한 목소리를 들었다고 내게 말해 주려고? 내가 말했다.

아니. 그녀가 말했다. '목소리'가 기이한 건 아니었어. 내가 묘사에 원체 약했지. 너도 기억할 거야. 그게 아니고, 그 목소리가 말한 것, 말한 내용이 기이했어. 그러고 보면 딱 기이하다고 할 수도 없는데, 달리 뭐라고 표현할지, 그게 말한 걸 어떻게 이해할지 모르겠거든.

뭐라고 말했는데? 내가 물었다.

도요새(curlew) 아니면 통행금지(curfew).

뭐라고 말했다고?

그거야. 그뿐이야. 그 낱말들뿐이었어.

도요새 아니면 통행금지? 내가 말했다.

무슨 질문 같았어. 그녀가 말했다. 여자 목소리였던 것 같아, 상당히 저음이긴 했지만. 남자 목소리로는 너무 높았던 것 같아, 물론 고음을 가진 남자라면 모르지만.

너는 뭐라고 했어? 내가 물었다.

벽 앞으로 다가가 "뭐라고요? 다시 한번 말씀해 주실래요?" 하고 청했지. 그 목소리가 다시 말했어. "도요새 아니면 통행금지." 그리고 덧붙였어. "선택하세요."

그다음에는? 내가 물었다.

음, 누군지 모르는 그 사람에게 화장실을 쓸 수 있게 도와주거나 누군가에게 알려 줄 수 있겠느냐고 물었어. 그녀가 말했다.

그랬더니? 내가 물었다.

그게 다야. 그녀가 말했다. 아무 일도 없었어. 최소한 한 시간은 되었을 시간 동안 아무도 돌아오질 않았어. 내 방광 기능이 나이에 비해 훨씬 건강한 게 천만다행이었지.

약 올리는 거 같네. 내가 말했다.

내가 왜 널 약을 올리니? 그녀가 말했다. 내가 왜? 정말 일어났던 일이야. 정말로. 정확히 내가 네게 말한

그대로 일어났다고. 난 아무도 약 올리고 있지 않아.

아니, 내 말은, 누군가가 널 약 올리려고 했던 것 같다, 그런 말이야. 내가 말했다. 혹시 숨겨진 스피커 같은 걸로 그러지 않았을까?

그런 게 있었다면 지독하게 잘 숨겼어야 할 거야. 그녀가 말했다. 시청각 기기라곤 하나도 보이지 않았거든.

출입국관리소에서 쓰는 모종의 심리 테스트 같은 걸까? 내가 말했다.

모르겠어. 그녀가 말했다. 미스터리라니까. 어쨌든 너한테 이렇게 전화를 거는 건 자꾸만 그 생각이 나서야.

뭐, 방 안에 그렇게 오래 갇혀 있었고, 내가 말했다. 여권 문제로 협박당하고. 그러니까, 아주 오래된 자물쇠 하나 갖고 구금을 당했잖아. 쉽게 잊힐 일은 아니지.

아니, 그런 얘기가 아니고. 그녀가 말했다. 자꾸만 생각이 나는 건 도요새 그거야. 그리고 통행금지. 정말이지 대체 그게 뭐였을까? 마치 무슨 메시지를 전달받은, 위탁받은 느낌이야. 다만 그게 무슨 메시지였을까? 그 의미를 모르는 게 답답해서 요즘 밤잠도 못 자고 있어, 샌드. 내게 주어진 임무를 수행하지 못하고 있다는 염려도 들고. 아주 녹초가 돼서 침대에 눕는데도 내가 아주 중요한, 이보다 훨씬 주의를 기울여야 하는 뭔가를 놓치고 있다는 걱정으로 어둠 속에서 말똥말똥 깨어 있기 일쑤야.

밤잠 못 들고 하는 걱정이 그런 거라면 넌 운이 좋은 거야. 내가 말했다.

도요새가 뭔지는 당연히 알지. 그녀가 말했다. 통행금지도 마찬가지고. 그런데 뭘 어쩌라는 건지 통 모르겠어. 계속 그 생각만 나는 거야. 에드워드는 근사한 사람이고 다 좋지만 에드워드한테도 말 못 하겠고.

왜? 내가 물었다.

내 남편이거든. 그녀가 말했다.

아. 내가 말했다.

나는 귀에서 전화기를 떼었다. 잘 알지도 못하는 누군가가 미흡한 부부관계에 대한 모종의 논쟁에 나를 끌어들이려 하고 있었다. 통화 정지 버튼 위에 손가락을 올렸다.

아이들에게도 말 못 해. 하나는 웃을 거고, 다른 하나는 날 시스(cis)* 터프(terf)**라고 부를 거야. 나는 그게 뭔지도 잘 모르는데 내가 그렇다더라. 일전에는 둘 다 내가 저희들을 풀스톱*** 한다고 비난하는 거야. 내 자식들의 말도 이제는 이해를 못 하게 돼 버렸어. 직장 동료 누구에게도 말 못 해. 나를 제정신이 아니라고, 몽상가라고 여겨 다시는 유물을 담당하지 못하게 할 테니까.

나는 손안의 전화기를 들여다보았다. '몽상가'라고 말하는 그녀의 목소리가 새어 나왔다. 나는 어쩐지 아직 끊지 못하고 있었다. 대신 그녀가 묘사한 대로 창문 하나 없는 공항 접견실의 싸구려 탁자 위에 부드러운 천으로 둘러싸여 펼쳐진, 담쟁이 아닌 담쟁이에 감춰진 자물쇠를 뜻밖에도 제법 생생하게 생각하고 있었다. 그와 같은 사물은 어떤 장소든 변화시킬 수 있어서, 그녀가 일곱 시간 반을 갇혀 있었다며 묘사해 준 그런 유의 무미건조한 공간마저 무슨 박물관처럼 보이게 만들 것이다.

그러다가 네가 떠올랐어. 그녀가 다시 내 귀에 대고

---

* cisgender, 생물학적 성과 성 정체성이 일치하는 사람.

** Trans-Exclusionary Radical Feminist, 트랜스 여성을 배제하는 급진적 페미니스트.

*** full-stop, 이견을 청취 및 수용하지 않고 대화를 중단시키는 태도.

말했다. 우리 대학 시절에 너는 해몽이나 손금 읽기 같은 신기한 재주를 갖고 있었잖아……

으음. 내가 말했다. (누군가의 손금을 읽고 해몽을 해 준 기억은 전혀 없었기 때문이다.)

……그리고 어떤 시구가 뭘 의미하는지, 그런 것들을 너는 정말 제대로 아는 것만 같았어. 아니, 전반적으로 그랬어. 뭐가 뭘 뜻하는지 너는 우리들보다 훨씬 많이 알았어. 뭐랄까, 예술학도답게 말이야. 좀 더 정상적인 사람들은 약간 특이하다고 봐 넘길 것들을 어떻게 해석해야 하는지 알았던 거지.

정상적인.

고맙다고 해야 되는 거지? 내가 말했다.

사실은 나도 그때 뭐 예술학도였지. 그녀가 말했다. 말하자면 말이야. 하지만 너 같지는 않았어. 나야 그저 취업 때문에 다녔을 뿐 그때나 지금이나 뭘 보는 눈이 있었던 건 아니야. 근데 너는 나하고, 아니, 다른 누구하고도 달랐어. 너는, 글쎄, 달랐어.

내가 그랬어? 내가 말했다.

한밤중에 누워서 커튼만 노려보고 있는데 네가 머

릿속에 확 들어온 거야. 샌드야. 전화번호나 이메일을 찾아서 샌드에게 물어봐야겠어. 샌드 같은 애라면 그 의미를 알 거야.

그 나 같은 애가 여기 있는 거네. 내가 말했다.

그래, 네 생각은 어떠니? 그녀가 물었다. 그게 무슨 뜻 같아?

어떤 부분 말이야? 내가 되물었다.

그냥 그 말들. 그녀가 말했다. 그 말들 외에는 관심 없어.

통행금지 아니면 도요새. 내가 말했다.

거꾸로야. 그녀가 말했다.

도요새 아니면 통행금지. 내가 말했다.

도요새 아니면 통행금지. 선택하세요. 그녀가 말했다.

뭐. 내가 말했다. 그게 핵심이네. 선택이 주어져 있다는 거. 그리고 그건 시간 대 새와 연관이 있어. 그러니까 내 말은 시간의 관념 혹은 실제와, 새의 관념 혹은 실제 사이의 그 무엇과 말이야. 도요새는 새의 한 종류고, 통행금지는 하루 중 사람들의 외출이 권력 당국에 의해 금지된, 그러므로 법적으로 집에 있어야 하는 특정한 시간이야.

그거야 당연하지, 그건 나도 알아. 그녀가 말했다.

그럼 선택이란 무엇일까? 내가 말했다. 철자로 볼 때 일종의 장난처럼, 아니, 어쩌면 장난을 목적으로 자음 하나만 빼면 똑같은 낱말인데, 그 단순한 자음 변화가 살짝 그러나 가뿐하게 모든 것의 의미를 바꿔 놓는다는 이유로 한데 묶인 듯한 임의의 낱말 두 개가 불러오는 관념들 사이에 진정한 선택이란 게 있기나 하다면……

자음 변화. 그녀가 말했다. 아, 아아, 그래. 거 봐, 난 그걸 생각 못 했어.

……선택이란, 내가 말했다. 차이와 동일함과도 연관이 있는 거야. 그리고 낱말들의 충돌하고도 연관이 있어……

(전화선 반대편에서 받아 적는 소리가 들렸다.)

……그리고 그 낱말들이 가리키는 것들 사이에 발견되는 모든 유사점하고도 연관이 있지. 자, 이를테면 새들에게는 날개가 있고 시간은 쏜살같이 날아가잖아……

그래! 그녀가 말했다. 굉장하다. 넌 정말 엄청나게 똑똑해.

……그리고 또 좀 생각해 볼 게 있어. 내가 말했다. 수명은 비록 짧지만 자유롭게 사는 새. 주어진 시간 동안 하는 일들이 자연뿐 아니라 경제, 역사, 사회적 구속, 사회 관습, 개인 심리, 정치사회적 시대정신 따위에 지배 또는 통제를 받을 수 있는, 아니, 틀림없이 늘 받고 있는 우리. 이 둘을 병치시켜 보자고. 그리고 우리에게 제시된 선택 또한 마찬가지야. 도요새 아니면 통행금지. 자연 아니면 인간의 발명품인 시간의 권위주의적 사용. 환경과 우리의 환경 통제 아니면 환경의 유해하고 편리한 사용……

전화선 반대편에서 그녀가 웃음을 터뜨렸다.

편리한. 병치. 시대정신. 차이. 충돌. 자음 변화. 그녀가 말했다.

음. 내가 말했다.

변하지 않은 게 정말 있다, 샌드. 그녀가 말했다. 너는 하나도 안 변했어.

왠지 모르게 얼굴이 붉어졌다.

아, 아닐 거야. 내가 말했다. 나도 여태 살아오며 여기저기 자음 한두 개씩은 바꿨을걸.

그래도 예전의 '변덕스러운 샌드' 그대로야. 그녀가 말했다.

변덕스러운 샌드.

내가 이렇게 불린 건 오래전 일이다.

사실, 적어도 면전에서는, 그렇게 불린 일이 아예 없었다. 이 통화 전까지는 말이다. 비록 우리가 원하기만 한다면 상대방의 얼굴을 보고 통화할 수 있는, 사람들이 내 뒤에서 나를 그렇게 부르던 시절에는 아직도 상상의 물건에 불과했던 그런 전화기를 통해서 나를 그렇게 부르기는 했지만. 엄밀하게 따지면 이번에도 면전에서 그렇게 불린 건 아니다.

사람들이 나를 그렇게 부른다는 건 나도 물론 알았다.

내가 양성의 상대방들과 데이트를 해서 그러는 것이리라 짐작했었다. 그때만 해도 그건 매우 수상쩍은 행동으로 간주됐다. 그렇다고는 해도 그때 내가 아마 그랬고 지금도 그런, 그리고 시간이 흐르면서 결국 그렇다고 말할 수 있게 되었을 뿐 아니라 그렇게 말하겠다는 결의 또한 다지게 됐던, 그냥 동성애자인 것만큼 위험하진 않았다.

시대가 달랐다.

어쨌든 이제 나는 잠이 확 깨서 삼십 년 동안 한 번도 떠올리지 않았던 마티나 잉글리스가 지금 세상 어디서 어떤 사람으로든 푹 잠이 들었을지, 이처럼 지친 상태의 내게 이처럼 강한 흥미를 불러일으킬 이야기를 대체 어떻게 만들어 낼 수 있었는지 궁금해했다.

나를 노리고 기획한 이야기로 접근한 게 아닐까 싶을 지경이었다. 여권. 몰개성적인 공무원. 불가해하고 불필요했던 감금. 유물의 기막힌 아름다움. 잠긴 방에서 들린 육신 밖의 목소리.

이보다 더 제대로 나를 낚을 이야기는 만들 수 없었을 것이다.

하지만 왜?

남을 골탕 먹이고 느끼는 그 고소함 때문에?

아니면 내 은행 잔고를 털려고? 신용 사기가 기승을 부리는 때다. 숫제 전화를 건 여자가 '마티나 잉글리스'가 아닐 수도 있었다. 어쩌면 나를 전혀 모르는 사기꾼이 예전에 알던 누구인 척 전화를 걸었을지 모른다. 온갖 개인 정보가 인터넷에 보란 듯이 올라가 있는 시대다. 아버지, 병원 등등 나의 사정을 안 누군가가 유독 취약한 시기임을 깨닫고 벌이는 짓일 가능성도 있었다. 모두가 무방비로 노출돼 있다. 벌써 이 나라에서만도 전화기에서 나오는 목소리를 필사적으로 믿을 만큼 고립된 사람들 수천 명이 수백만 파운드를 도둑맞았다.

하지만.

뭔가 꾸며 대는 기미가 없었다.

요즘의 나는 과장이나 허세나 이기심의 냄새만 나도 포충망을 알아차린 나비처럼 후다닥 달아났다.

나는 돌아누웠다. 좋아, 일단 그 유명하다는 자물쇠

부터 확인해 보자. 구글 검색 사항은 이렇다.

1. 그게 과연 존재하기나 하는지,

2. 존재한다면, 그게, 그 뭐냐, 중세 이후 유물의 순회전시로 해외에 반출된 바 있는지,

3. 어느 박물관이랑 관련되어 있는지,

4. 그녀가 그 박물관 직원으로 등재되어 있는지.

그런 것들이 모두 증거가 될 터였다.

하지만 또 다른 문제는 구글이 무조건 맞는 건 아니라는 사실이었다. 컴퓨터 화면상에, 온라인상에 떠 있는 것은 모두 역시나 더없이 진짜인 척하는 것일 뿐 완전한 가상이며 따라서 진정한 현실은 아니었다.

그런데 도대체 왜 나는 잘 알지도 못하고 그다지 좋아하지도 않는, 아니, 사실은 알고 지냈을 당시 의식적으로 싫어했던 누군가의 머릿속 또는 삶에서 일어나거나 일어나지 않았을 어떤 일에 대해 철학적이고 실존적인 생각을, 아니, 뭐든 간에 생각이란 것을 이 한밤중에 하고 있는 것일까.

나는 이불을 밀어젖혔다. 그리고 일어나 앉았다.

방 안 건너편 아버지의 개 또한 나 때문에 일어나 앉았다.

그리고 자신의 잠을 깨운 것이 그저 나였음을 깨닫고 도로 누웠다.

개는 보통 함께 있어 주는, 동무 같은(companionable) 존재다.

동무(companion)가 되어 주는(able).

고립되거나 수감되거나 외롭거나 그랬을 적에 온갖 뜻밖의 장소나 사물에서 우의(companionship)를 찾은 사람들의 이야기를 들은 적이 있다.

주머니 속의 작은 돌멩이.

조그만 가죽 쌈지 안에 꿰매 넣은, 대대손손 전해져 내려오면서 선대도 후대도 학교 시험이나 고난의 시기에 손에 꼭 쥐어 보던, 한때 어느 성자의 몸속에 있었다는 뼛조각. 그렇게 의례적인 물건은 설령 성자의 일부를 간절히 필요로 하거나 그것이 유용하리라고 생각한 누군가에게 어느 사기꾼이 성자의 뼈로 둔갑시켜 팔아먹은 닭뼈일 따름이라고 해도 의미 있는 것이다.

그렇다. 믿음이다.

믿음은 틀림없이 동무(companion) 같은 존재다.

때로는 한낱 곡조, 노래 또한 그렇다.

노랫말.

뭐든 기억에 남은, 설령 반쯤만 어설프게 기억하는 것이라도, 어떤 것의 말.

감금되었거나 인질로 잡힌 사람들이 그 상황의 공포와 공허함 속에 우두커니 앉아 있다가 문득 기억이나 정신이 책처럼 활짝 펼쳐지며 잊은 줄 알았거나 알고 있는 줄 몰랐던 많은 것들이 마치 그들이 읽은 모든 책들, 그들이 살아오며 배우고 했던 모든 일들 그 자체인 듯 되살아나는 경험을 한다는 이야기를 들었다.

책.

책이란 참 동무 같은 존재라고 사람들은 말했다.

개가 동무 같은 존재라는 말과 마찬가지로.

나도 전에는 이런 것들이 모두 당연히 동무 같은 존재라고 믿었다.

수많은 알렉사들. 사람들은 자신의 기기가 일종의 친구처럼 위안을 준다고 종종 말했다. 이십 년 전 아이들이 갖고 놀던, 삑 소리가 나면 '배고프다'는 신호여서 버튼을 눌러야 했던, 왜냐하면 버튼을 누르는 것이 그것에게 '밥을 주는' 행위였고 만일 버튼을 눌러 주지 않으면 기기 안의 '목숨'이 '사망'하기 때문이었던, 조막만 한 일본 게임기와 어쩌면 비슷하게 말이다.

라디오.

라디오는 정말 동무 같은 존재라고 사람들은 항상 말했다.

내게는 아버지의 라디오가 있었다.

나는 한밤중이나 이른 아침에 가끔 그것을 켰다.

누가 마이크를 들고 베네치아의 운하 가장자리에서서 찰싹이는 물소리를 녹음하고 누가 그 베네치아의 찰싹이는 물소리만 들리는 라디오 프로그램을 만들 수도 있겠지 싶었다. 그런 걸 한번 들어 보고 싶었다. 물론 랩톱이나 전화기를 열고 검색한 다음 내려받아서 쉽게 들어 볼 수도 있을 테지만, 실제 라디오 방송에 의해 연결된 낯모르는 타인들과 동시에 그런 걸 들을 수도 있다는 생각이야말로 중요한 게 아닌가, 그게 요점이지 않은가 싶었다.

하지만 올해 줄곧 한밤중에 라디오를 켰을 때 접하는 것은 뉴스, 또 뉴스뿐이었다. 정부 대변인들은 이 나라가 세계 최고인 항목들을 광고 문안 읽듯 읽으며 왜 이 나라가 넘버원, 세계 최고인지를 나열해 갈 뿐, 이 나라에서 매주 죽어 나가는 수천 명의 목숨들은 그냥 그러려니 넘겨야 한다는 태도로, 우리 정부가 정부 지지자 및 후원자들에게 수많은 공금을 퍼 주니 모든 국민들에게 얼마나 너그러운지, 다른 나라들에 싸움을 걸면서 얼마나 애국적인지 주워섬길 따름이었다. 평등과 인종차별 철폐를 요구하는 저항운동으로 조직화하는 흑인들, 우리 모두 지구 황폐화에 주의를 기울일 것을 요구하는 운동으로 조직화하는 환경 시위자들을 싸잡아 테러리스트라고 칭하며 이런 시위를 금하고 시위 참가자들을 감축 및 투옥시키기 위한 새로운 법안들이 의회 가결 직전이라는 흰소리를 들었다. 이 나라에 망명을 신청하러 오는 난민들이 아예 오지 못하고 도움도 받지 못하게 막는, 그리고 집시(Gypsy), 로마(Roma),* 유랑자(Traveller)들이 예

---

* 집시들이 스스로를 일컫는 말.

부터 내려오는 전통적인 생활방식을 이어가지 못하게 막는 새로운 법안들도 입안되고 있고, 전국을 따라 흐르는 유서 깊은 강들이 전적으로 합법적인 배설물로 차오르고 있다는 말을 들었다. (최근 내가 거쳐 본 임시직 중 하나가 물 관련 기업 관리직이었는데, 우리 나라가 하수처리장에서 사용할 화학물질 생산국에 싸움을 거는 바람에 그 물질을 수입할 수 없게 되면서 이 기업이 미처리 오물만 잔뜩 짊어지게 되는 상황에 처한 경험이 있어 이게 얼마나 위험한지, 그리고 바이러스가 오물 안에 어떻게 흔적을 남기는지 나는 이미 알았다.) 이를테면 경찰에 의해 잡아 세워져 강요나 공격, 위해나 학대, 살인의 희생자가 될 가능성이 있는 여자들을 위한 공식적인 충고가 '지나가는 버스에 손을 흔들어 도움을 요청하기'라는 소리를 들었다. 갖은 역경을 딛고 이 나라에 도착한 난민 일부가 최근까지만 해도 일종의 '감옥 체험' 놀이공원으로 사용된, 몹시 낙후된 감옥의 실제 감방에 수감되고 있다는 말을 들었다. 여러 해 동안 주둔해 온 우리 나라 군대에 협조했다는 이유로 이제 목숨이 위태로워진 아프가니스탄인 수천 명을 그냥 방기할 만큼 우리 정부가 무능하고 냉정하다는 소리를 들었다.

이런 이야기를 다 들었다. 그리고 텔레비전과 라디오 등은 '여실히 영국적인 가치들'을 찬미하는 프로그램만 방송해야 옳다는 어느 내각 장관의 선언 또한 들었다.

'순전한(PURE) 이동(move).' 아버지의 라디오 앞면에 이런 글귀가 박혀 있었다. 아마도 이 방 저 방 들고 다닐 수 있다는 의미의 '이동'일 테고, '순전한'은 그럴듯한 거짓말이 일반적 속성인 상품 브랜딩의 결과일 것이다.

어쨌든, 뭐, 이제 지쳐서 관심도 없었다.

지쳐서 관심도 없어진 바로 그 순간을 이야기하자면 이랬다.

병원에서 오후를 보낸 뒤 내 셋집에 돌아와 차 우릴 물을 끓이고 텔레비전을 켰다. 모두 다 습관처럼 해 오던 일이었을 뿐 특별히 신경을 기울인 건 아니었다. 게다가 들어갈 수 없는 고층 건물의 불 켜진 창들, 그 불 밝혀진 사각형들 중 하나 너머에 누워 있을 아버지로 머릿속이 꽉 차 있기도 했다.

신선식품 배달 서비스 광고가 텔레비전에 떴다. 형형색색의 다채로운 과일과 채소들이 풍성한 배달 상자들에서 통통 튀듯 쏟아져 나오고 배달받은 가족은 한없이 기쁜 얼굴이었다.

이 풍요로운 이미지의 배경음악으로 사용된 곡이 오래전에 알았던 팝송이어서 나는 하던 일을 멈추고 광고를 쳐다보았다. 1945년 일본 히로시마에 최초의 원자폭탄을 투하하여 칠만에서 십이만 명 사이의 사망자와 칠만 명의 부상자를 낸 미국 항공기를 풍자한 노래였다.

펑! 마치 만화처럼.

삶이 이처럼 한갓 '라이프스타일'로 수렴돼 버렸구나, 싶었다. 우리는 시위에 나갔고, 눈구멍 속에서 눈알이 녹아내리는 악몽을 꾸었다. 그런데 이제 우리 모두의 목전에서, 황금시간대 텔레비전 화면에서 모든 눈동자들이 동시에 녹아내리는 장면이 펼쳐지고 있었다. 입을 딱 벌리고 서서 그것을 바라보며 수백만, 수천만, 수억 명의 소상하거나 포괄적이고 즐겁거나 애처롭고 보람차거나 헛되고 풍성하거나 영양 결핍인 평범한 일개 목숨들이 지금 당장 고통을 겪거나 죽어 가거나 지난 일 년 반 동안 기껏해야 최신 전염병에 걸려 죽어 버린, 그 떠나간 혼들이 우리가 목적인 줄 알았던 걸로 가득한 이 형상들 아래서 깃들어 살아가는 매일의 일상 위를 웅얼웅얼 떠도는, 그 모든 허무한 죽음 앞에 어느 정부도 눈 하나 깜짝 않고 어느 역사도 잠시 묵례는커녕 기록조차 하지 않는 이유가 무엇인지 나는 비로소 깨달았다.

그 상실에 대해 무슨 할 말이 있겠는가?

거기다 대면 다른 모든 건 사소해진다.

나는 텔레비전 앞에 앉아 광고 속 행복한 얼굴들을 바라보았다.

가슴속에서 무슨 줄 같은 것이, 너무 꼭 조인 현악기처럼 뚝 끊어졌다.

아얏! 마치 만화처럼.

하지만 또 아픔이 멎더니 이후로는 아무것도 아프지 않았고, 지금이 무슨 철인지, 오늘이 무슨 날인지 더 이상 관심이 없어졌다.

아버지 이야길 하자면, 나는 부서진 유리창에 판자를 덧대고 개를 맡았다. 아버지 집에 정기적으로 들러 우편물을 챙기고 누수는 없는지, 지붕도 괜찮고 난방도 아직 잘되는지 등을 챙겼다.

아버지의 라디오를 내가 갖고 있었다.

아버지의 모자와 외투를 내가 갖고 있었다.

아버지의 책 몇 권을 내가 갖고 있었다.

아버지의 직불카드를 내가 갖고 있었다. 병원에서 돌아온 첫날 침대 옆 탁자에서 발견한 것인데, 구깃구깃한 쪽지가 함께 있었고 그 쪽지에는 비밀번호와 '내가 죽으면 필요한 만큼 얼마든지 꺼내 쓰다가 은행에 내가 죽었다고 알려라, 이게 필요할 게다.'라는 메모가 적혀 있었다.

아버지의 손목시계를 내가 갖고 있었다. 마지막으로 확인했을 때만 해도 아직 작동하던 시계의 줄 안쪽에는 땀이 남긴 얼룩이, 아버지의 체취가 남아 있었다.

아버지의 안경을 내가 갖고 있었다. 그것이 들어 있는 해진 안경집 안쪽에는 아버지의 이름과 전전번 집 주소가 단정한 필체의 펜글씨로 쓰여 있었다.

아버지의 늙은 개를 내가 갖고 있었다.

나의 뚱한 아버지.

아버지의 뚱한 개.

나이가 들어 허리에 관절염이 생긴 검은 래브라도는 이제 거의 모든 시간을 나와 보냈는데, 뒷마당의 포장용 평판 위에 뻣뻣이 앉아 멍하니 허공을 바라보거나, 뒷방 안에 등을 보이고 뻣뻣이 서서 마당에서처럼 멍하니

베란다 문 너머의 허공을 바라보았다. 부엌에서 자게 했더니 밤새 낑낑대서 이제는 내 방 라디에이터 밑에 깔아 둔 담요 위에서 잤고, 하루에 두 번씩 내가 주는 먹이를 먹었고, 나가자고 해서 나가면 들어오려고 하고 그래서 들어오면 또 나가자고 했다.

이 개에 대해 내가 아는 건 관절염에 걸린 이 노견이 아버지에 대해 나보다 아는 것이 많다는 사실이었다.

나에 대해 이 개가 아는 건 내가 아버지가 아니며, 한밤중에 일어나 마치 어디선가 위급 상황이 발생해서 가 봐야 하는 듯 구는 경향이 있다는 사실이었다.

그래도.

생각을 해 봐, 샌드.

예상 밖의 일이었다.

오늘 밤은 보통 이맘때처럼 건잡을 수 없는 공포에 숨죽이고 누워 있지는 않잖아.

그건 사실이었다.

그 옛날 자물쇠 장치 이야기의 무언가가 내 안의 무언가를 열어 놓았다.

똑똑.

누구신지요? 내가 말한다.

농담 투의 대답이었다.

문이 열린다. 럭비클럽, 국민방위군 등 성가시고 소란스럽고 오만한 무리와 어울려 놀던 학과 동기로 어렴풋이 기억나는 누군가가 서 있다.

내가 어울려 놀던 무리는 럭비클럽 등등이 '예술가연한다'고 평하는, 홀로코스트와 동성애자들과 핵미사일 설비에 대한 연극을 학생극장에서 상연하고, 단편소설과 시를 써서 매년 두어 번씩 팸플릿에 싣고, 수요일 밤에는 지금 문간에 서 있는 이 사람이 어울리는 무리는 시체로도 발견될 리 없는 미술관에서 자막 붙은 영화를 보는 사람들로 이루어져 있다.

즐겨 가는 술집도 서로 다르다.

같은 공간에 있는 일이 많아도 웬만해서는 마주치지 않는다.

안녕. 내가 말한다.

응, 안녕. 그녀가 말한다. 샌드, 맞지?

그녀가 들어와서 내 침대에 앉는다.

응, 들어와. 내가 말한다.

벌써 들어왔는데. 그녀가 말해 놓고 몹시 헷갈리는 이야기라도 들은 듯 나를 쳐다본다.

내가 소리 내어 웃는다.

침묵.

커피 줄까? 내가 말한다.

괜찮아. 그냥 도움이 필요해서. 그녀가 말한다.

어떤? 내가 말한다.

나 너랑 같은 과야. 그녀가 말한다. 이름은 마티나 잉글리스.

그래, 알아. 내가 말한다.

실용비평 세미나는 너하고 다른 조고. 그녀가 말한다. 이번 주 세미나에서 시 발표를 하게 돼 있어. 너도 같은 발표를 해야 하잖아. 그러니까 내 말은 세미나에서 같은 시에 대해 발표를 해야 한다는 건데.

너 괜찮니? 내가 묻는다.

그녀는 눈물을 쏟을 듯한 얼굴이다.

아니. 그녀가 말한다.

우리가 발표하게 된 시에 대해 내가 쓸 글을 그녀에

게 주기를, 그래서 그녀가 자기가 그에 대비해서 글을 써야 할 세미나에서 그걸 읽을 수 있게 해 주기를 바란다고, 그녀가 이어서 말한다.

야, 그럼 좋지. 내가 말한다.

그렇게 해 줄래? 그녀가 말한다.

아니고. 반어적으로 말한 거야. 내가 그걸 왜? 내가 말한다.

어젯밤에, 그녀가 말한다. 잠을 못 잤어. 파(Farr) 다리에서 투신해야겠다는, 그러면 이런 거 안 해도 되지 않겠느냐는 생각까지 들더라.

그래. 내가 말했다. 아무리 네가 신경쇠약 직전이라 해도, 내가 쓴 걸 네게 줘 버리면 나는 네 세미나와 같은 날에 열리는 내 세미나에서 똑같은 글을 읽게 될 거고, 그럼 다들 내가 네 것을 베낀 줄 알지 않겠어?

내 방 창밖으로 투신해 버릴까, 자꾸 그런 생각이 들어. 그녀가 말한다. 허공에서 추락하는 나 자신을 상상하게 돼.

네 방 일 층이잖아. 내가 말한다.

그래도 높이가 꽤 되거든. 그녀가 말한다.

내가 웃음을 터뜨린다. 오히려 더욱 금방 눈물을 쏟을 얼굴로 그녀도 웃음을 터뜨린다.

나는 시가 지긋지긋해. 그녀가 말한다.

그럼 왜 영문학과를 다녀? 내가 묻는다.

그녀가 어깨를 으쓱한다.

쉬울 줄 알았어. 그녀가 말한다.

그거야 너 하기 나름이지. 내가 말한다.

아니야. 아무 소용 없어. 그녀가 말한다.

이 시는 그렇게 대단한 시도 아냐. 내가 말한다. e. e. 커밍스의 시인데, e. e. 커밍스에 대해서는 쉽게 쓸 수 있어. e. e. 커밍스에 대해서는 사실 누구나 무슨 말이든 할 수 있고 그게 또 약간은 맞게 돼 있어.

나는 못 해. 그녀가 말한다. 쉰 번을 읽었는데도 아무 감이, 아니, 감의 기역 자도 오질 않고, 도대체 무슨 빌어먹을 소리를 하고 있는지 하나도 모르겠어.

그녀가 울기 시작한다.

나는 온갖 잡동사니로 뒤덮인 방바닥에서 그 시가 실린, 복사기로 인해 불그죽죽해진 사본을 찾아 들고 침대 위 그녀 옆에 가서 앉는다.

그래. 내가 말한다. 빌어먹을, 옆으로 좀 비켜 앉아.
자, 빌어먹을, 한번 보자.

놀리지 마. 그녀가 말한다.

모르는 사람을 내가 왜 놀리니? 내가 말한다.

나는 그 시가 복사된 종잇장을 침대 위 우리 사이에 내려놓는다.

시작하고, 멈칫하고, 중지하고

(의혹에 싸여 무릎을 꿇고: 그 사이에

하늘은 온통 무너진다.) 이어서 H 위에 T를 천천히 신임하고,

웃는다.

A를 추가하는 것 말고

이보다 더 유쾌한 것이 또 있을까?

(아주 어둡고 사소한 날이

적어도 한평생은 되어 보인다.)

그래서 그는 자부심이 생기고

(이 나는 또한 너이기도 하노니)
더없이 훌륭하다.
딱 E면 된다.

다음으로(우리의 큰 문제가 거의 풀렸다.)
우리는 분명하고 거창하고 깊은 D로
감히 전체를 장식하려 한다: 그 사이에
하늘은 온통 무너진다.

드디어 완벽, 지금 여기
— 하지만 보라: 햇빛이 없어? 그래!
그리고(열광적으로 떨어져 올라가며)
우리는 우리의 걸작을 쓴다.

그것 봐. 그녀가 말한다. 이건 그 어떤 의미도 없어. 정말 혐오스러워.

시를 혐오하고 그러지 마. 내가 말한다. 감정의 강렬한 낭비일 뿐이니까. 그냥 단어들을 봐. 뭘 뜻하는지 말해 줄 거야. 그게 단어들이 하는 일이니까.

뭐? 그녀가 말한다.

단어들은 무언가를 뜻해. 내가 말한다.

그래, 하지만 내 말은, 줄을 바꾸고 이런 식으로 괴상해 보이도록 만들 필요가 어디 있냐는 거야? 그녀가 말한다. 괜한 과시 같잖아.

과시 좀 하면 어때서. 내가 말한다.

그건 사실 나도 같은 생각이야. 그녀가 말한다. 동의하지 않는 사람들도 굉장히 많겠지만.

그리고 이게 괴상해 보이는 건 우리가 구두점 다음에 줄이 바뀔 걸 예상하고 있기 때문이야. 내가 말한다. 아주 예상되는 방식대로 구두점이며 구문법이 작동해 줄 거라 우리는 예상하지. 하지만 왜 그럴까? 관례란 건 왜 존재할까?

그게 없으면 우리가 적절하게 살아갈 수 없고…… 그녀가 말한다.

아니, 대답할 필요는 없어. 내가 말한다.

아. 그녀가 말한다.

난 그냥 시의 화자가 던지는 질문들 중 하나를 강조하고 있을 뿐이야. 내가 말한다.

시의 화자. 그녀가 말한다. 시인 말이야? 아니면 말하고 있는 어떤 다른 사람이 있다는 거야? 맙소사. 정말로 아무것도 이해가 안 돼.

네가 시를 읽을 때 네 머릿속에 들어 있는 그 사람, 그 괴상함을 뚫고 들려오는 인간적인 어떤 것, 그 괴상함의 안개 속에서 네가 그래도 알아보는 의미들, 너의 눈과 너의 마음에 덮쳐 오는 모든 것, 그걸 말하는 거야. 내가 말한다.

뭐? 그녀가 말한다.

그녀가 눈물을 글썽이며 절망한 얼굴로 나를 본다.

그리고 여기. 내가 말한다. 이 시가 여기서 '나는 또한 너이기도 하노니'라고 말하고 있어. 그러니까 이게, 이 시가 너에 대한 것이기도 하다는 뜻이야.

나? 그녀가 말한다.

이것을 읽는 '나'가 누구든. 내가 말한다. 나도 마찬가지고.

전혀 이해가 안 돼, 처음부터 쭉. 그녀가 말한다. 이 첫 줄은 도대체 무슨 뜻이야? 시작했다가 멈칫했다가 중지하는 것에 대한 거야?

네가 지금 나한테 하는 말들과 거의 같아. 내가 말한다. 지면에 적힌 시의 무언가가 너에게 다시 보게, 멈칫거리게, 심지어 중지하게 만들었다는.

그건 맞아. 그녀가 말한다. 그건 사실이지만, '의혹에 싸여 무릎을 꿇고'는 또 뭔 소리야? 그리고 하늘이 무너진다는 건 또 뭐고?

다리에서 또는 창밖으로 투신한다 어쩐다, 네가 그랬지? 뭔가를 이해 못 해 걱정된다고. 그건 너만의 하늘이 무너지는 것하고 비슷한 거야. 내가 말한다.

그녀의 눈이 커다래진다.

아. 그녀가 말한다.

그리고 코를 닦는다.

그럼 무릎 꿇는 건 뭐래? 그녀가 말한다. 누가 의혹에 싸여 무릎을 꿇는 거야? 왜?

글쎄. 내가 말한다. 시에서 분명 의혹에 대한 뭔가가 일어나고는 있어. 어쩌면 하늘 높이 치솟은, 그러니까 인간보다 높은, 그래서 아마 어떤 사람이 기도를 해야 하는 권력에 대한 것일지 몰라. 그리고 의혹에 싸여 무릎 꿇기를 중지할, 좀 더 확신할 길이 어쩌면 있을 것이라는 뜻도 내비치지. 적어도 그렇게 암시되고 있어.

암시. 그녀가 말한다.

하늘이 무너진다는 부분 너머를 들여다봐. 내가 말한다.

그리고 세 번째 줄 끝을 가리킨다.

천천히 신임하고. 그녀가 말한다.

의혹, 다음에 신임. 내가 말한다.

의혹이랑 하늘이 무너지는 거랑이 괄호 속에 있는 게 그 때문일까? 그녀가 말한다.

나도 몰라. 그럴 수도 있지. 내가 말한다.

어떤 데서는 괄호 안에 있는데 끝부분의 다른 데서는 괄호 안이 아닌 이유는 또 뭘까? 그녀가 묻는다.

괄호는 격리수용을 뜻해. 내가 말한다. 따로 빼놓은, 어쩌면 불필요한, 잉여 같은 것. 시인은 하늘이 무너지는 것을 처음에는 격리수용해 놨다가 나중에 풀어 주고 싶었을 거야. 시가 진행될수록 더욱 현저한 무언가가 되도록.

현저한이 무슨 뜻이야? 그녀가 묻는다.

현저하다는 뜻. 내가 대답한다.

그녀가 웃음을 터뜨린다.

좋다.

그런데 천천히 신임한다는 거, 그건 또 뭐야? 그녀가 말한다.

흠. 내가 말한다. 통제를 그만둔다는 뜻? 시 안에서 일어나는 뭔가가 그 자체로 학습 과정이라는?

음, 그래, 오케이. 하지만 우리가 신임하게 되는 그것이 시에 나오는 것들처럼 무작위적인 글자들의 목록일 뿐이라면? 그녀가 말한다. 그게 무슨 신임이고 학습이란 말이야?

글쎄. 내가 말한다. 하지만, 모든 문자언어와 우리가 문자언어를 통해 의미를 만드는 모든 것은, 모두 무작위적인 글자들이지. 아냐?

그녀의 눈이 커다래진다.

그러네! 그녀가 말한다.

나는 다시 종잇장 위의 시를 바라본다. 과연 무작위로 군데군데 떨궈 놓은 것 같은 글자들이 끝에서 두 번째 연까지 보인다.

시는 우리가 무의미를, 아니면 아무것도 뜻하지 않

는 무언가를 신임하길 원하는지도 몰라. 그녀가 말한다.

맞아. 그럴지 몰라. 하지만 또한 하늘의 무너짐은 아니더라도 T와 H에다 A와 E와 D 같은 글자들의 떨어짐(fall)을 우리가 신임하길 바라는 것일 수도 있어. 내가 말한다.

A&E,* 그게 뭔지는 나도 알아. 그녀가 말한다.

네가 그 다리에서 투신했다면 지금 있을 곳이지. 내가 말한다.

그래, 그리고 D는 내가 이 발표로 얻을 성적이고. 그녀가 말한다. Thaed. Thaed, 이건 뭐 낱말도 아니잖아.

혹시, 내가 말한다. 일종의 애너그램일지도 모르지. 철자 순서를 뒤에서 앞으로 바꿔 보면.

아! 그녀가 말한다. 그럼, 죽음(death), 맞지? 죽음이네!

내가 빙긋 웃는다. 그녀는 놀라움에 겨워 함박웃음을 짓는다.

그걸 다 어떻게 본 거야? 그녀가 말한다.

---

* Accident and Emergency, 응급실을 뜻하는 약어.

나도 이제야 봤어. 내가 말한다. 너랑 같이 들여다보면서. 너 지금 죽음 앞에서 웃고 있지? 봐, 시의 힘이 이렇게 강하다고.

우와. 그녀가 말한다. 굉장하다. 하지만 거꾸로 된 죽음인 건데, 그게 무슨 뜻이지? 무슨 죽음을 신임해야 된다는 거야? 그녀가 말한다.

그럴지도. 내가 말한다. 하지만 죽음 자체는 아냐. 네 말대로 거꾸로 된 죽음이고, 그러면 통상의 죽음과는 다른 죽음인 거지.

너 참 대단하다. 그녀가 말한다. 마크스 앤드 스펜서 앞의 길거리 가수 앞에 동전들이 쌓이듯이 네 주위에는 온갖 것들의 의미가 마구 쏟아지는 것 같아.

의미의 쏟아짐(fall). 내가 말한다. 이해의 쏟아짐. 그리고 자, 여기 끝을 봐. 우리 자신의 해체를 이해함에 있어서 완벽마저 가능하다는데, '완벽'이라는 단어는 일종의 종말 또는 죽음을 뜻하기도 해. 하지만 여기 이 소멸에는, 잘 봐, 이런 놀라움이 있어. 햇살.

그녀가 고개를 흔든다.

그리고 '그래'라는 낱말이 나와. 내가 말한다. 느낌

표가 붙은 채 말이야.

되게 긍정적이야. 죽음 앞에서? 그녀가 말한다.

뒤집어진 죽음 앞에서지. 내가 말한다. 네 말대로라면 거꾸로 된 죽음.

Thaed. 그녀가 말한다. 시인은 우리를 상대로 게임을 하고 있어.

판돈이 큰 게임이지. 내가 말한다.

그리고 종잇장 위의 시 옆쪽에 H T A E D를 적는다.

내 생각엔 게임에 이로우라고 T와 H를 시의 첫 부분에 바로 갖다 놓은 것 같아. 내가 말한다. 안 그랬다면 독자의 눈은 죽음이 아닌 혐오되다(hated)로 읽기 쉬웠을 거야.

맞네. 내가 이 시를 혐오하는 것처럼. 그녀가 말한다.

아직도 싫어? 내가 묻는다.

그녀는 내 말을 듣지 않고 시가 적힌 종이를 들어 손으로 돌돌 만다.

시인은 죽음을 게임이라고 하고 있어. 그녀가 말한다. 실은 아니잖아.

정말 끔찍한 의혹의 시대라도 장난을 즐길 길이 있

다는 말을 하는 걸 수도 있지 않을까? 내가 말한다.

아. 그녀가 말한다. 그거 참 좋다.

날이 어둡고 하늘이 무너지고 사물들과 말들과 그것들이 의미하는 모든 것이 우리 옆에서 산산이 부서져도 말이야.

산산이 부서져도. 그녀가 말한다. 장난을 즐길 길이.

그리고 손을 뻗어 내 책상에서 펜을 집더니 자기 손등에 쓴다.

'장난' '의혹' '산산이'.

그리고 이 과정의 끝은, 봐. 내가 말한다.

그리고 시의 마지막을 가리킨다.

태양이, 그녀가 말한다. 올라가.

새벽이야. 이 무너짐의 전 과정은 결국 추락이 아니라, 음, 그, 뭐랄까, 떠오름, 승천인 거야.

맞아. 그녀가 말한다. 혹시, 그러면 이건 사실 종교적 시인가?

그런 해석을 주장할 수도 있어. 그래, 그런 것 같아. 내가 말한다.

그래? 그녀가 말한다.

흡족한 표정이다.

고맙다. 내가 말한다. 너와 대화하지 않았다면 시에서 그런 생각은 찾지 못했을 거야.

그녀가 일어선다.

네가 수재라고 다들 그러더니. 그녀가 말한다.

다들 누구? 내가 묻는다.

혹시 수작을 걸지도 모른다고, 괜히 찾아가 부탁하지 말라고도 했어. 그녀가 말한다.

걱정 마. 나는 내가 매력을 느끼고 또 내게서 매력을 느끼는 사람들과만 자니까. 내가 말한다.

그런데 넌 정말 이런 거 잘한다. 그녀가 말한다. 정말 멋질 정도야. 사실은 하나도 안 멋진 건데도.

다시 한번 고맙다. 내가 말한다.

말하기 그렇지만 너랑 나 꽤 잘 맞는 것 같아. 그녀가 말한다.

그 정도는 아닐 것 같은데. 내가 말한다.

기분이 훨씬 나아졌어. 그녀가 말한다. 어떻게 그럴 수가 있지?

생각하기 게임이라 그래. 내가 말한다. 어떻게든 대

가가 주어지지.

그러면, 그녀가 말한다. 이제 우리는 친구가 됐으니까, 너 그거 다 쓴 다음 나한테 복사본 하나 줄 수 있어?

안 돼. 내가 말한다.

안 된다고? 그녀가 말한다. 나하고 이야기하지 않았으면 그런 것들을 절대 찾지 못했을 거라면서?

네 방에 돌아가면 기억하는 것들을 직접 적어 봐. 내가 말한다. 나머지는 지어내고. 장담컨대 네 발표와 내 발표는 완전히 다를 거야. 우리는 사실 그 시의 표면 위만 미끄러져 지나갔을 뿐이거든.

시가 스케이트장인 듯 말이지? 그녀가 말한다. 너 시랑 뭐 그런 거 쓰지? 나한테 스케이트장 같은 시 하나 써서 줄래?

내가 왜? 내가 말한다.

나 피겨스케이팅 꽤 잘하는 거 혹시 알아? 그녀가 말한다. 메달도 받았는데.

아니. 내가 말한다.

너 심령술사인가 보다. 그녀가 말한다.

그녀가 이만 가 주길 바란다는 걸 알려 주려고 나는

손목시계를 내려다본다.

괜찮을 거야. 내가 말한다. 이 시의 한 구절만 갖고도 누구든 열다섯 개의 다른 발표를 할 수 있어.

그러자 그녀는 피겨스케이터로서의 자아를 금세 잊고 다시 주눅 든 얼굴로 눈길을 돌린다.

우리가 나눈 이야기는 하나도 기억 못 할 거야. 그녀가 말한다. 지어낼 수도 없을 거고.

장난스럽게 해 봐. 내가 말한다. 내가 보기엔 너 장난기도 꽤 있어 보이는데.

내가? 그녀가 말한다. 정말?

그래. 내가 말한다. 자, 이제 가 봐.

장난스럽게 해 봐, 장난스럽게 해 봐, 장난스럽게 해 봐. 그녀가 혼잣말을 한다.

그리고 다리에서 뛰어내리지 말고, 적어도 이번 주엔 말이야. 내가 말한다. 뛰어내려도 다른 누군가에게 다른 발표문 도와달라고 부탁한 다음에 뛰어내려.

언젠가 나도 너를 뭐든 도와줄게. 그녀가 말한다.

당연하지. 내가 말한다.

내가 여기 왔다는 말은 아무한테도 하지 말아 줘.

그녀가 말한다.

네 비밀은 내가 지켜 줄게. 내가 말한다. 하지만 너도 사람들이 내 뒤에서 수군거리는 소리를 아무에게도 옮기지 마.

약속할게. 그녀가 말한다.

잘 가. 내가 말한다.

잘 있어. 그녀가 말한다.

그리고 문을 닫고 나간다.

여러 해 후에 침대에 누워서 셋집 침실의 천장등 주위로 봄빛이 올라오는 걸 바라보며 아무리 애를 써도 그 시절에 대해 기억나는 거라곤…….

아주 오래전, 그날 앞서 전화를 걸어온 낯선 사람이나 다름없는 누군가를 도와 대학교 수업에서 발표하게 돼 있던 시를 함께 분석했고,

그 낯선 사람은 그 시가 이해 안 된다며 기겁했는데,

그 시는 그 무렵 내가 좋아하던 미국 작가 e. e. 커밍스가 썼다는 것 정도가 전부였다.

그런데 이제 그가 매카시*의 마녀사냥을 지지했다는 사실을 알았다.

그리고 이제 그가 찬란하고 감각적으로 파열적인 그 모든 연시들, 그리고 낱말, 구두점, 문법, 가능성, 의미들의 그 모든 교정들을 통해 아주 노골적으로 성차별적이고 인종차별적인 시구들을 흩뿌려 놓은 시인이었음도 알았다.

한숨.

산다는 게 그랬다. 모든 게 수상하고, 모든 게 부패한 것.

그때 우리에게 주어진 과제는 그런데 무슨 시였더라?

죽음이라는 낱말을 이루는 글자들이 우수수 쏟아지는 그런 거였다.

거꾸로 된 죽음.

마티나 잉글리스에 대해 기억하는 거라면 그녀가 그날 내 방에 찾아와서 내 두뇌를 착취한 이후, 우리는

* Joseph R. McCarthy, 1950년대 미국 상원의원으로 많은 인사들을 공산주의자로 몰아 반공주의를 선동했다.

단 한 번도, 단 한 마디의 말도 나누지 않고 남은 대학 시절을 보냈다는 거였다.

이따금 먼발치서, 이를테면 강의실 건너편이나 식당 또는 도서관에서 지나가는 모습을 보기는 했다.

그럴 때 눈이 마주치면 그녀는 나를 외면했다.

아무렇지 않았다. 나도 똑같이 그녀를 외면했다.

그런데 지금, 이렇게 먼 미래에, 나는 최근 어느 때보다 기분이 좋았다. 최소한 삼십 분은 내가 어떤 것에도 관심이 없다는 사실을 생각하지 않고 있었다.

대신 도서관 계단의 평범한 모퉁이와 그 위 창으로 떨어지던 빛을 생각하고 있었다.

학생인 내가 시내를 빠져나가서, 적어도 내가 갔던 날만 보자면 아무도 오지 않을 듯한 무너진 옛 성곽을 찾아갔던 어느 화창한 오후를 생각하고 있었다. 몇 개의 석벽들과 지붕 잃은 층계들이 잔디밭에 둘러싸여 있을 따름이었고, 내부도 온통 잔디였다.

거기 갈 때는 주로 친구들이랑 갔지만, 그날은 혼자 갔다. 나선형 돌계단을 밟아 꼭대기까지 올라가 보니 휑하니 열린 벽의 아늑한 한쪽 구석에 햇빛이 쏟아지는 지점이 눈에 띄었다.

보라, 저기, 오래전에 죽은, 제 집 지붕이 날아가 버려서 태양이 이 한쪽 구석에 이토록 찬란하게 내리쬘 날이 오리라고는, 그리고 역사의 편향성을 감안할 때 다른 시대였다면 돌계단을 오르내리며 하녀 일에 바빴을 어떤 여자가 이런 화창한 날에 여기 앉아서 재미 삼아 책이나 읽고 있을 날이 오리라고는 상상하지 못했을, 역사의 편향성을 감안해 볼 때 여자이기보다는 남자일 가능성이 단연 높았을, 어느 부자의 무너진 성터, 상공 삼십 피트의 돌 건물 위에 앉아 소설 『의도적으로 배회하기』* 를 재미 삼아 읽는 내가 있다.

추운 새벽 다섯 시, 어느 과거의 나의 유령이 주인님이 일어나기 전 벽난로를 치우고 새로 불을 지피러 계단을 내려온다.

어느 미래-과거의 나의 유령이 석벽을 마주하고 앉았고, 펼쳐진 책 너머로 시골 풍경이 수마일은 족히 드리

---

* *Loitering with Intent*, 스코틀랜드 출신 소설가 뮤리얼 스파크(Muriel Spark, 1918~2006)의 작품. 작가는 『진 브로디 선생의 전성기(The Prime of Miss Jean Brodie)』와 같은 걸작을 남겼다.

워 있다.

이 미래-미래 속에서 나는 금세 잠이 들었다. 그날 밤에는 아무 어려움 없이 제대로 깊은 잠을 잤다. 아주 근사한 꿈을, 사람들이 잠들어 꿈을 꾸고 있지만 이따가 잠이 깨면 꼭 기억해야 한다고 스스로 다짐할 정도로 좋은 그런 꿈을 꾸었다.

그 꿈속에서 나는 온몸에 늑대 가죽 같은 걸 뒤집어쓰고 있었다. 머리 위에도 늑대 머리를 얹어 거울을 보면 머리가 두 개였다. 그런데 알고 보니 그것은 속이 빈 가죽이 아니라 제 몸을 내 어깨에 둘러 걸친 살아 있는 늑대였는데, 전혀 무겁지 않고 따뜻했으며 마치 히치하이킹이나 즐기듯 안락한 품새였다.

잠이 깬 나는 어머니가 돌아가시기 전 이래로 내가 어떤 형태의 늑대하고도 같이 다닌 일이 없다는 걸 깨달았다. 오랜 세월이었다.

안녕, 늑대야. 꿈속에서 내가 말했다. 그동안 어디 있었던 거니, 정다운 친구?

거울 속에서 늑대의 눈이 나와, 그의 내면의 양과 눈길을 나누는 것을 보라.

거꾸로 된 죽음.

복도에 방치되어 있던 아버지가 드디어 곁방으로 밀려 들어간다. 문에 '저장실'이라고 쓰여 있는 그곳은 여전히 저장실이지만, 이제는 선반들 아래에 기계들이 꽉 들어차 있고 그 기계들에 아버지가 연결되어 있다.

신참 간호사는 얼굴이 잿빛 피로로 찌들어 있지만 친절하게도 병실 입구에 나와 함께, 그러나 조금 떨어져 선 채 시간을 보내 준다. 옛 저장실의 문 너머로 병상에 누운 아버지가, 비스듬히 기울어진 아버지의 머리가, 아버지 얼굴 위의 산소마스크가 보인다.

우리가 건물 안으로 진입할 수 있게 도와주고, 사람들이 이동침대에 누워 기다리고 있는 대기 구역으로 안내해 준 환자 이동 담당자는 방금 떠난 누군가가 직전에 이 저장실에서 나갔다고, 운이 좋았다고 내게 말했다.

간호사는 내게 많은 말을 한다. 그리고 이렇게 덧붙인다.

여기 계실 수는 없어요, 죄송하지만요. 계속 통지를 드릴게요.

괜찮을까요? 내가 그녀에게 묻는다.

그녀가 나를 똑바로 바라본다.

아슬아슬한 상태예요. 그녀가 말한다.

그리고 미안하다고, 실례한다고 말한 뒤 몸을 돌려 자신을 필요로 하는 다음 일로 향한다.

그녀가 쓰레기봉투를 뒤집어쓴 것처럼 보인다는 사실을 나는 비로소 깨닫는다.

다른 누군가가 문간에 나타나 가 달라고 내게 말한다. 이 사람도 쓰레기봉투를 뒤집어쓰고 있다.

아직도 장비 부족인가요? 내가 말한다.

안 그런 적이 있었나요? 그녀가 말한다.

전화 드릴게요. 쓰레기봉투를 뒤집어쓴 다른 사람이 말한다.

두 손을 주머니에 찔러 넣는데, 자동차 열쇠를 어디다 뒀는지 전혀 모르겠다.

다른 데로 향하던 신참 간호사에게 허둥지둥하는 내 마음이 전달되었나 보다. 그녀가 복도 저편에서 외친다.

점화장치에 열쇠를 넣어야만 시동이 걸리는 차인가요? 차 안에 돌아가서 점화장치를 보면 거기 분명히 열쇠가 꽂혀 있을 거예요.

그녀의 말대로다. 주차공간에 반은 들어가 있고 반은 벗어난 모양으로 차를 세웠던 곳을 찾아가 보니, 차는 아직도 시동이 걸려 있고 뒷문 하나는 누가 막 내린 듯 활짝 열려 있다.

나는 문을 닫고, 운전석에 앉아, 차를 후진하여 주차공간 안에 제대로 위치시킨 다음 제대로 주차한다.

나는 시동을 끄고, 그대로 잠시 앉아 있는다.

나는 다시 시동을 건다.

나는 어디로 갈지 전혀 모른다.

*

열두 시간 전.

우리가 어떤 일과 다른 어떤 일, 다시 말하면 아버지의 심장에 일어난 일과 이제 일어날 일 사이에서, 아주 많은 다른 사람들이 아직도 또한 하도 긴급한 상황이라 구급차가 충분치 않고 그래서 오지 않는 구급차를 기다리는 동안, 아버지는 내가 다리에 덮어 준 담요를 보고는 불에라도 덴 듯 밀쳐 내더니 내가 미처 말릴 틈도 없이 안락의자에서 미끄러져 바닥으로 내려와 침대 옆 탁자를 짚고 일어서려 하고, 나는 고함을 지른다.

아버지는 개를 산책시켜야 한다고, 매일 이 시간에 개를 데리고 나간다고, 반드시 지금 당장 개를 산책시켜야 한다고 말한다.

아니에요, 아버지. 내가 말한다. 지금 새벽 네 시 반이에요. 보세요, 아직 어둡잖아요. 무슨 개를 이렇게 일찍 데리고 나가요.

아버지는 침대 옆 탁자에 짚은 손을 거두고 다시 바닥의 양탄자 위로 폭삭 주저앉는다.

그리고 한쪽 팔을 등 뒤로 마구 휘둘러 침대 밑에서 신발을 끌어내더니 벗은 발의 절반을 신발 속으로 밀어 넣는다. 발의 다른 절반은 미처 넣지 못한다.

아버지가 무슨 말을 한다.

소녀, 어느 소녀가 돌아다닐 거라고, 아니, 궁금해할 거라고 한다. 소녀는 주중에 자전거를 타고 개를 산책시키는 아버지를 지나치며 아버지와 개에게 인사를 건넨다는데, 주중이라는 점이 아버지에게 중요한 듯 보인다.

오늘이 무슨 요일이냐고 아버지가 내게 묻는다.

못 나가요. 내가 말한다.

아버지가 고개를 가로젓는다.

그리고 그 단어를 말한다.

동무.

그리고 또 말한다.

같은.

아버지는 어느 날 소녀가 지나가며 인사를 했고 이튿날 아버지가 답례를 한 이후로 이제 주중에는 둘 다 인사를 나눈다고, 긴급한 일이라고 내게 말한다.

몸. 아버지가 말한다.

몸이라니요? 내가 말한다.

몸짓. 아버지가 말한다.

아버지. 내가 말한다. 왜 이러세요. 산책 못 나가세요.

아버지는 그러자 아래층 주방 조리대에 놓아둔 그릇들을 설거지하지 말라고, 늘 제대로 하는 법이 없어 더럽지 않느냐고 내게 말한다.

아버지가 말을 멈춘다.

그리고 침대 옆 탁자의 다리에 두 팔을 감고 비스듬

히 앉는다. 신다 만 신발이 한쪽 발끝에 괴상하게 걸려 있다.

나는 아버지 위에 서서 허공에 두 팔을 흔든다.

나는, 언제나 그렇듯, 쓸모가 없다.

*

세 시간 전.

새벽 한 시 반.

전화기가 웅웅거린다. 아버지가 내게 문자를 보냈다. 이렇게 쓰여 있다.

못 움직여(move)

최근 두어 차례 통화에서 아버지는 집을 줄여야겠다고 말했다. 왜요? 내가 물었다. 집에 아무런 문제도 없잖아요.

바꿔 보고 싶어서. 아버지가 말했다.

조금 모호하네요. 내가 말했다.

모호하기는 뭐가. 아버지가 말했다. 새로 시작하고 싶어서 그러지.

유행병이 한창인 데다 아버지는 여든을 바라보는데 새로 시작하신다고요. 내가 말했다.

요즘 집들 시세가 좋아. 아버지가 말했다. 정원 딸린 집들이.

아버지 지금 집 정원 좋아하시잖아요. 내가 말했다.

더 큰 정원을 갖고 싶어. 아버지가 말했다. 집은 더 작은 걸로.

아버지 연세에요? 내가 말했다.

내가 내 인생을 살고 싶다는데 넌 왜 자꾸 어깃장이냐? 아버지가 말했다. 너는 늘 네 식대로, 음, 그러니까……

아버지가 찾는 낱말은 '이기적으로'이다.

이사(move) 일을 나 혼자 뒤집어쓰게 될까 봐 그러죠. 내가 말했다. 정원 일도 그렇고.

퍽이나 그러겠다. 아버지가 말했다. 평생 일다운 일은 하루도 해 본 적 없는 놈이.

이사는 한 인간이 평생 경험하는 가장 스트레스가 많은 일 다섯 가지 중 하나라고요. 내가 말했다.

너한테 아무것도 부탁하지 않으마. 아버지가 말했

다. 내가 공연히 쓸데없는 소리를 했구나.

아버지가 전화를 끊었다.

나는 휴대전화 화면에 찍힌 글자들을 들여다본다. 못 움직여.* 잘됐군. 이제 정신이 드시는 모양이지. 하지만 보통 열 시면 주무시는 분인데 이사 생각에 고민이 많아 오밤중에 일어나 계셨나 보네.

내가 회신 문자를 보낸다.

그러실 필요 당연히 없죠. 온전히 아버지 소유인 집이고 되게 좋잖아요.

아버지가 회신한다.

아니, 뱀이 가슴을 옥죄는 것처럼 못 움직이고 숨도 못 쉬어

아.

맙소사.

오케이.

긴급 구조대에 전화를 했더니 구급차가 지연되고 있다고 알려 준다.

---

* 화자는 아버지의 말을 '이사 못 해.'로 이해하고 있다.

안 그러는 게 맞겠지만, 어깨에 옷을 걸치고 차에 올라타 거기로 달려간다. 아버지 집 앞의 적재구역에 차를 놔두고 집 밖에 선다. 아버지의 집은 캄캄하다. 개가 내 소리를 듣고 두어 차례 짖는다.

여기 와 있다고 아버지에게 문자를 보내 알린다.

아버지가 회신한다.

바이러스일지도 모르니 들어오지 마라

내가 회신한다.

들어갈게요

아버지가 회신한다.

현관문에 체인이

내가 회신한다.

뒤로 돌아가 부엌 창문을 깨고 들어가죠 뭐

아버지가 회신한다.

수리공들도 부족한데 어리석은 짓 말고

위급 상황에서도 당신 몸보다 유리 시공사들과 집을 더 걱정하는 우리 아버지.

나는 앞마당 화단에서 반쪽짜리 벽돌을 파내어 들고 뒤로 돌아가 부엌 창문을 깬다.

*

이 년 전.

아버지는 잘려 나간 나무들이 쌓여 있는 빈터 옆 길 위에서 나를 기다리고 있다. 아버지 생일이다. 아버지는 본연의(old) 아버지인데, 내 말은 그러니까, 젊은 모습과 상반되는 의미로 그렇다는 말이다. 잘린 나무 냄새가 허공을 떠돌고, 그들 나무 더미는 진흙에 처박힌 채 나뭇조각들로 덮여 있다.

누군지 솜씨 좋구나. 맨 위에 놓인 통나무의 옆면을 토닥거리며 아버지가 말한다. 이놈이 내 나이야. 내가 세어 봤거든, 그 뭐냐, 저기……

나이테요. 내가 말한다.

나는 허리를 굽혀 내 손만 한 크기의 심재 조각을 하나 집는다. 색이 연하고 향기도 신선해서 코에 대 보고 주머니에 넣는다.

어린 목재로군요. 내가 말한다. 이것들로 뭘 만들려는 걸까요.

당연히 좋은 걸 만들겠지. 아버지가 말한다.

장작. 내가 말한다.

장작으로 쓰기엔 너무 아까워. 아버지가 말한다. 건축재로 쓸 거다.

기차용 침대. 내가 말한다. 기둥.

아니야! 답답하다는 듯이 아버지가 말한다. 이건 너도밤나무라서 썩기가 쉬워. 그래서 실내용에 가장 적합해. 마루나 창호, 그런 것들 말이야.

되도록 입 다물고 아버지의 말을 수긍하면서 걸어야 한다는 걸 새삼 기억해 낸다.

최상품이야, 저거. 아버지가 말한다.

정말이지 궁금한 게요. 그럼에도 나는 말한다. 바로 눈앞에서 이웃들이 잘려 나가는 걸 보면 남아 있는 나무는 질겁할까요?

쓸데없는 소리. 아버지가 말한다.

그리고 개를 찾아 주위를 둘러본다.

이리 오렴. 아버지가 내가 아닌 개를 향해 말한다. 자, 가자.

행복하고 또 행복한 나무. 내가 말한다.

아버지는 내 말을 들은 체도 않는다.

이렇게 함께 산책을 할 때마다 아버지는 뭐든 그날 파는 수프를 먹으러 들르는 숲 반대편의 화원(花園) 생각을 하는 게 틀림없다. 당장이라도 이렇게 말할 가능성이 높다.

오늘은 방어 수프를 하지 않을까 싶네.

그런데 숲길 모퉁이를 지나며 아버지가 꺼내는 말은 이렇다.

나무의 행복이니 뭐니, 왜들 그렇게 수선을 피우는지. 어차피 그저 나무인 것을.

그리고 오십 야드 정도 더 가서 또 이렇게 말한다.

행복한 나무 따위는 없어.

시에 나와요. 내가 말한다. 키츠 시인데 바로 그것에 관한 거예요. 겨울나무는 여름 초록을 아쉬워하지 않아도 된다, 왜냐면 나무는 기억도 후회도 하지 않아서고, 바로 그래서 나무는 행복하다, 나무는 그냥 나무로서 나무의 일을 할 따름이다, 그런 건데요. 그거야 물론 누군가가 나무를 잘라 내기 전까지겠죠.

나는 잠시 기다린다. 그리고 말한다.

제가 공들여 그려서 지난 크리스마스에 드린 그림

말예요. 그게 이 시구가 들어 있는 키츠 시의 시각적 표상이에요.

침묵.

이어서 아버지가 말한다.

공부를 그렇게 많이 해 놓고 고작 글자들 위에 글자를 덧씌워서 당최 아무도 뭔 말인지 못 읽어 먹게 하는 걸 평생의 업으로 삼는다니.

비평 감사합니다. 내가 말한다.

그 그림 '안에' 그 글자들이 새겨져 있었는지, 아니, 애당초 '어떤' 글자가 들어 있기나 했었는지 어떻게 알아낸단 말이냐?

하지만 있는걸요. 내가 말한다. 그 안에 다 있어요. 그것은 시의, 그리고 그 시에 들어 있는 모든 말의 그림이에요.

시각적 표상. 그냥 온통 초록색 벌판이잖아. 아버지가 말한다.

키츠가 그 시 속에서, 그게 겨울 시인데도 불구하고, 직접적으로 주목시키는 유일한 색이 초록이에요. 내가 말한다. 초록의 행복.

시각적 표상. 아버지가 말한다. 나무에 대한 시의 말을 그리려거든 그냥 나무를 그리면 되지.

그래서 아버지는 제가 드린 그림을 차고 안 낡은 운동복 셔츠 밑에 쑤셔 넣으셨겠죠. 내가 말한다. 그리고 지금쯤 운동복 셔츠가 유화 물감에 들러붙어 그림이 망가졌을 테고요. 아시겠죠? '망가졌을' 거라고요.

어린 너를 보면서 네가 자라면 세상을 바꿔 놓을 거라고 항상 생각했단다. 네게는 온갖 기회가 주어졌어. 그런데 너는 고집스럽게 네 길을 갔지. 언제나 가고 싶은 그 길만 갔어.

있잖아요, 아버지. 그 그림 내가 마음만 먹었으면 수백 파운드에 얼마든 팔 수 있었어요. 내가 말한다.

다시 가져가. 아버지가 말한다. 가져가라고. 가져가 팔아. 팔아서 돈 만들어.

그럼요, 그리고 내친 김에 그 운동복 셔츠도 자매편(companion piece)으로 함께 팔아야겠네. 내가 말한다. 아버지랑 나, 사업하면 되겠다. 내가 그린 그림을 아버지가 팔아서 수익을 나눠 가지면 되잖아요.

사업. 아버지가 말한다. 너하고? 웃기는 소리 마라.

나 좀 하는데요, 아버지. 내가 말한다.

목적도 없고. 야망도 없고.

색다른 목적. 색다른 야망. 내가 말한다.

우리가 지금 말하는 게, 새로운 자유와 관용적 이해의 21세기임에도 불구하고 아버지 생각에는 여전히 잘못된 나의 성적 지향임을 우리 둘 다 잘 안다.

얼마든지 다른 삶을 살 수도 있었는데. 아버지가 말한다. 그런데 꽝인 거지. 시간제근무 일이나 하며 시각적 표상이 어쩌고저쩌고 허튼 망상이나 부풀려 대고 있으니까.

나는 내 삶이 좋아요. 내가 말한다. 내가 선택한 거고.

그 위에 덧칠을 하려 물감이 마르기를 기다리는 삶 말이냐? 아버지가 말한다. 일 년에 한 개, 운이 좋으면 두 개나 팔까?

나한테 돈은 목적이 아니에요. 내가 말한다. 현실적 규율이지.

다른 누가 쓴 말을 그리고 그걸 또 덮어 그리다니. 도대체 거기 무슨 의미가 있는 건데?

그걸 우리가 읽을 수 있든 없든 말이 거기 존재한다는 것. 내가 말한다. 그게 의미죠.

그 무슨 빌어먹게 어리석은 짓이냐. 아버지가 말한다.

침묵.

우리는 봄의 회녹색 길을 따라 걷는다.

침묵이 십 분간 이어진 후.

네 엄마는 나무를 좋아했단다. 아버지가 말한다.

흐음. 내가 말한다.

아버지는 어머니가 살아 있었을 때보다 지금 훨씬 더 어머니를 좋아한다.

멀찍이 줄지어 선 포플러 나무들을 특히나 좋아했지.

네. 내가 말한다. 기억나요.

길가에 나란히 심어 놓은 나무를 좋아했어. 아버지가 말한다.

그렇군요. 내가 말한다.

잘 자란 나무를 좋아했단다, 네 엄마는. 아버지가 말한다.

*

약 삼십 년 전.

지금보다 젊은 아버지가 조수석에 앉아서 지금보다 젊은 나에게, 내가 백 마일 떨어진 도시에서의 대학 초년생 시절 방 한 칸을 얻어서 살던 거처의 생활관까지, 본인의 밴을 몰게 해 주고 있다. 나는 육 개월 전에 면허시험에 합격했다. 처음 혼자서 밴을 몰던 때 양보 신호 쪽으로 차를 디밀다가 뒤 범퍼와 트렁크가 박살 난 적이 있었다. 아버지는 다시는 나를 운전석에 앉히지 않겠노라 맹세했었고 지금까지 그랬다.

녹음이 짙은 길을 따라 생활관 주차장에 도착하자 우리는 가방들과 짐짝을 차에서 내려 삼 층 계단을 올라 내 첫 독립 공간이 되어 줄 작고 야무진 방 안까지 날랐다. 아버지는 문간에 선 채 손목시계를 보며 말한다.

그럼 됐구나. 자, 네가 여기까지 오는 동안 그랬듯이 밴에 아무 상처도 입히지 않고 기차역까지 나를 태워다 주면, 그러면……

아버지가 밴의 열쇠를 내 쪽으로 내민다.

네가 여기서 지내는 동안 이건 네 거다. 아버지가 말한다.

뭐요?

차가 필요할 게다. 아버지가 말한다. 그래야 집에도 돌아오지. 자주 말이다. 그러니까 내 말은, 네가 오고 싶을 때마다, 아니면 올 필요가 있을 때마다 말이다. 뭐, 꼭 그래야 한다는 건 아니고.

하지만 아빠. 내가 말한다. 일하시려면 밴이 필요하시잖아요.

이제 새 걸 장만해야지. 아버지가 말한다. 좋은 핑계 아니냐.

말도 안 돼요. 내가 말한다. 안 될 텐데요. 여유가 없잖아요.

그럴 셈이다. 아버지가 말한다.

그리고 아버지가 열쇠를 내게 던져서 그것을 잡을 수밖에 없다.

어서, 네 시 십오 분 기차를 타게 역으로 가자.

그런데 이런 일들이 일어나기 전, 우리가 반쯤이나 다다랐을까, 나는 운전대 앞에 앉고 아버지는 핸드브레이크 바로 위에 손을 얹은 채 조수석에 앉아 아직 길 위에 있는 동안, 고개도 돌리지 않고 아버지가 말한다.

무슨 말 좀 해 봐라. 그러니까, 뭐랄까 뭐든, 뭐에 대해서든 말해 봐. 너는 그 무슨 재주가 있지 않냐.

무슨 재주요? 내가 말한다.

말을 다루는 재주 말이다. 아버지가 말한다.

아. 내가 말한다.

내 마음에서 모든 말을 비운다. 나는 바로 앞차의 뒤에 비치는 햇살을 바라본다. 햇살은 그렇게 비치면서 내 눈을 내리친다. 나는 빛 가리개를 내린다.

오늘에 대해 무슨 말을 해 보렴. 아버지가 말한다. 뭐든 말이다.

음. 내가 말한다.

아버지는 곧바로 카세트 플레이어 볼륨을 줄인다. 「음속의 날개(Wings at the Speed of Sound)」 앨범이다. 초인종 소리로 시작되고 동네 토박이들 또는 가족에다 마르틴 루터도 등장하는 걸 보면 역사 속의 인물일 법한 이들을 포함하여 수많은 사람들이 문 앞에 나타나는 노래를 방금 들었는데, 이 노래는 자꾸만 어서 문을 열고 모두 다 안으로 들이라고 촉구하고 있었다.

저 노래에 나오는 저 사람들이 모두 문 앞에 나타난다고 상상을 해 보세요. 내가 말한다. 저기 마르틴 루터가, 그러니까 나타난다고 상상을 해 보세요.

문짝을 알림판으로 쓰기 전에 얼른 문을 열어야겠지. 아버지가 말한다.

어쩌면 마틴 루서 킹일지도 모르겠네. 내가 말한다.

그 사람은 반드시 안으로 들여야지. 아버지가 말한다. 이 세상의 용감한 선인이니까. 아니다. 전부 다 안으로 들이자. 누구든지 말이야. 문 앞에 찾아오는 사람이라면 항상 다 존중하자.

우리가 좋아하는 사람이 아니면요? 내가 말한다. 문 앞에 나타난 사람들이 우리를 때리거나, 우리 집을 빼앗거나, 아니면 종교, 피부색, 성적 취향 같은 게 다르다는 이유로 우리를 제거하려고 온 거면요? 우리의 어떤 점이 누군가의 증오 목록에 올라가 있다면요?

아이고. 아버지가 말한다.

그리고 잠시 말이 없다. 그러다 입을 열어 말한다.

다 똑같아. 안으로 들이고, 찻물을 끓이자. 달리 어쩌겠냐.

내가 눈을 굴린다.

그러니까, 내가 말한다. 설탕은 몇 개나 원하는지

묻고 그다음에는 얼마든지 패라고 낯을 들이밀자는 거예요?

넌 왜 누가 너를 패려고 문 앞에 찾아온다는 생각을 하는 거냐? 아버지가 말한다. 네가 사는 세상은 우리가 살던 세상보다 좋아지지 않았냐.

차에 우유를 넣을까도 물어보시죠. 비더슈탄트(Widerstand)라곤 찾아볼 수 없군요. 내가 말한다.

뭐를 찾아볼 수 없다고? 아버지가 말한다.

저항을 의미하는 독일어예요. 내가 말한다. 찻물을 끓이자고요? 쳇.

내가 험한 말을 피하려고 진땀을 빼고 있는 게 스스로도 느껴진다.

그런데 옆의 아버지는 이제 감탄과 존중의 태세로 돌아섰고 그래서 더욱 짜증이 난다.

내 말이 바로 그거야. 네게는 언어가 있어. 아버지가 말한다. 그건 그 어떤 주먹질보다 훨씬 강한 힘이지. 그리고 찻물을 끓이자는 말은 정중하게 대하자는 뜻이었다. 뭐든 일어나는, 벌어지는 일을 맞아들이자, 뭐 그런 것 말이야. 그 또한 저항이지. 곤경 앞의 침착함, 곤경 앞의 침착함…… 네 엄마가 곧잘 쓰던 표현이다.

좀처럼 어머니 이야기를 하지 않는 아버지가 지금 아일랜드를 아일랜드인들에게 돌려주자는 윙스(Wings)의 노래를 어머니가 들은 적이 있는지 없는지 모르겠다고 하고 있다.

모르는 노래예요. 내가 말한다.

너는 아주 어렸으니까. BBC가 금지곡으로 지정했어. 폭동을 선동할 리 없는 사랑스러운 노래일 뿐이었는데 왜 그랬는지 모를 일이지. 네 엄마는 금지곡 지정 사실에 틀림없이 분노했을 거야, 그때 어디 있었건. 지금 어디에 있건.

윈저에 계시잖아요. 내가 말한다. 아버지도 알면서. 거처도 분명하고, 신변을 정리하고 있어요. 일도 하고요. 커튼 가게에서요.

네가 자랑스러울 거다, 지금 어디에 있건. 그건 확실해. 아버지가 말한다. 알고 있다면 말이다. 대학은 네 엄마나 나로선 상상조차 할 수 없었어. 지금 너의 이 삶은 말이야.

지금 이렇게 내 문 앞에 나타난 어머니는 다들 그

러듯 한두 번 노크를 하는 게 아니라 갈비뼈를 정통으로 내리친다.

엄마를 안으로 들여?

엄마는 지금 커튼 천의 치수를 재고 있을 거예요. 내가 말한다. 천을 두 손으로 잡고서 양팔을 최대한 활짝 벌려 작업대 위 자에 대고 길이를 재겠죠.

그럴까? 아버지가 말한다.

굉장히 두꺼운 면직일 거예요. 내가 말한다. 꽃무늬일 거고요. 분홍, 파랑, 초록이 너무 야해서 몹시 맘에 안 들 거예요. 원래는 미묘하고 고상하고 점잖아야 했으니까요. 그 한 필 천이 무슨 공성 망치나 되듯 치켜들고는 온 영혼의 진심을 담아 가게 앞쪽의 유리창에다 던져 버리고 싶은 충동과 씨름하고 있겠죠.

아버지가 콧방귀를 뀐다.

진심. 아버지가 말한다. 진심이라는 말은 네 엄마하고는 잘 안 맞는 것 같구나.

하지만 던지지는 않아요. 커튼을 산 여자가 문에 설치된 종을 울리며 나간 후 엄마가 가게 안에 그냥 서서는 무슨 생각을 할 것 같아요?

옆에서 아버지가 성난 콧방귀를 뀐다.

아버지요. 내가 말한다. 아버지를 생각해요.

으음. 아버지가 말한다.

자신이 가게에서 커튼을 사 가지고 돌아와 집 안에 다는 그런 여자이기를 바라면서요. 내가 말한다. 아버지를 위해서.

차가 계속 달린다.

네 엄마는 말이다. 일이 분 후에 아버지가 말한다.

그러고는 고개를 가로젓는다.

제멋대로인 사람이었어. 아버지가 말한다. 분명 네 말대로 했을 거다. 천 꾸러미를 던져 유리창을 박살 냈을 거야.

좋아요. 그럼 엄마의 영혼은 다치지 않은 거네요. 물론 난 내 엄마라는 여자에 대해 아는 것이 없으니 적어도 내 상상 속 엄마의 영혼은 말이에요.

아무도 없는 가게의 계산대 뒤에 서서 자신이 남편의 삶이 좀 더 그럴듯해 보이도록 커튼을 사는 그런 여자이길 바라는 걸로 어머니의 최종적 이미지를 멋대로 채택한 무례에 대해 나는 머릿속에서 어머니에게 용서를 빈다.

하지만 어쩌면 그게 사실일지도 모른다.

어쩌면 어머니는 우리가 쉽사리, 또는 차라리 상상하려는 면모와는 완전히 다른 사람이 되고 싶을지도 모른다. 아버지 또한 바로 그런 어머니를 떠올리며 본연의 모습으로 살아가려는 어머니의 결의에 이제 비로소 탄복하게 되었다.

그리고 우리는 말이 없다. 우리가 타고 있는 밴이 굴러가는 소음만 들린다. 내가 카세트 플레이어 볼륨을 다시 높인다.

이제 밴 안에 울려 퍼지는 곡은 「조심해요 내 사랑(Beware My Love)」이다.

*

반세기 전.

아버지는 건축업자다. 일요일이어서 집에 있다. 하지만 건축업자에게 휴일이란 없는 법이라 식탁에 앉아 제법 큰 계약을 놓고 계산에 한창이다. 식탁은 펼쳐 놓은 청사진들로 뒤덮여 있다. 이번 주에 먹고 씻지 않은 접시 몇 개가 청사진 밑에 깔려 있다. 아버지는 청사진이 도로 말리지 않게 씻지 않은 접시들과 뒤편 책장에서 꺼내 온 내 책들 밑에 귀퉁이들을 끼워 놓았다.

나는 일곱 살이다.

제법 큰. 계약.

나는 소리는 내지 않고 입만 뻐끔거려 이 단어들을 말해 본다.

그걸 본 아버지가 말한다.

입으로 그러지 좀 마라.

나는 가장 가까운 모서리에서 책 한 권을 집어 들고 중간부터 읽는다. 표지에 파인드혼(Findhorn)이라는 이름의 일각수가 그려진 책이다. 눈앞에서 글자가 말 모양으로 변하는 페이지를 펼친다.

아버지가 손을 뻗어 책을 가져가서 덮어 버린 뒤 내 바로 앞 식탁 위에 있는 청사진을 말아 올린다. 그리고 엔진 작동 원리를 설명하기 시작한다.

아버지는 그 책의 뒷장을 펼치고 텅 빈 표지 안쪽에 귀 뒤에 꽂아 뒀던 연필로 꼬마 요정의 모자, 또는 산이

나 텐트, 또는 내가 앉은 쪽에서는 대문자 V처럼 보이는 형상을 그린다. 맨 위 뾰족한 곳에 연료(FUEL)라는 글자를 쓴다. V의 한쪽에 열(HEAT)이라는 글자를 쓰고 다른 쪽에는 산소(OXYGEN)라는 글자를 쓴다.

그리고 V의 안쪽 공간을 가리킨다.

안에서, 그러니까 이 결합 때문에, 연소가 일어나지. 아버지가 말한다. 연료가 가열되면서 타는 거야. 이렇게 세 가지 물질이 만날 때 열을 유지시키는 연소 작용 속에서, 바로 거기서 기계를 작동시키고 그 밖에 우리가 연료를 갖고 이루고자 하는 일들을 가능케 하는 에너지가 나오지. 하나의 물질이 다른 물질을 전과 다른 물질로 변화시키는 건데, 그래서, 결과는 과연 뭘까?

다른 어떤 것이요. 내가 말한다.

너에게 좀 더 있었으면 좋겠다 싶은 어떤 거란다. 바로 에너지.

으음. 내가 말한다.

나는 아버지의 성에 차게 운동을 잘하지 못한다. 몸집도 가냘프고 발육도 늦은 데다 아버지가 모든 음식에 성장을 촉진시킨다는 흰 가루를 넣어 먹이면서부터 오히려 덜 먹는다.

자, 그럼 이제 연료에 대해 생각해 보자. 아버지가 말한다. 너는 말재주가 있잖냐. 연료와 관계있는 단어들을 좀 대 봐라.

아버지요. 내가 말한다.

나라니 무슨 말이냐? 아버지가 말한다.

아버지가 연료예요. 늙은 연료. 내가 말한다.

뭐라고? 아버지가 말한다.

아버지가 둘둘 만 청사진으로 내 머리를 살짝 때린다.

자, 말해 봐라. 아버지가 말한다. 휘발유가 뭔지.

휘발유는 갤런당 6실링 8펜스예요. 내가 말한다.

뭐 어째? 아버지가 말한다.

머리에 쓴 모자에 날개가 달린, 노란색과 파란색 간판의 주유소에서 말이에요. 내가 말한다.

아버지는 도무지 이해를 못 하겠다는 듯 나를 바라보더니 웃음을 터뜨린다.

내셔널(National)에서 갤런당 6실링 8펜스다 이거지? 아버지가 말한다. 그거 맞는 말이네. 그게 바로 휘발유지!

나는 흐뭇하다. 아버지는 웬만해서는 웃지 않는 사람이기 때문이다.

내셔널에 대해서 말해 주세요. 내가 말한다. 아빠가 내 나이 때의 이야기요.

내가 어렸을 때는, 그러니까 너보다도 훨씬 어렸을 때지. 아버지가 말한다. 내셔널은 아직 대장간이었다. 마을 사람들이 말을 데리고 가 편자를 박는 곳이었지. 그때는 마을이 훨씬 작았는데 지금 내셔널이 있는 곳은 마을의 아주 끝머리였어. 나는 담장 위에 앉아서 편자공 덩컨 아저씨를 바라보곤 했어. 아저씨는 내게 온 나라의 대장간들이 차례로 자동차 주유소로 개조되고 있다고 말해 줬지. 이제 얼마 안 남았단다. 늘 그렇게 말했어. 이곳이 이 세상에 남아 있을 날이 얼마 안 남았어.

아빠가 잠을 못 잔 이야기하고 말 이야기도 해 주세요. 내가 말한다.

말이라. 아버지가 말한다.

아빠 어머니 이야기도요. 내가 말한다.

내가 백만 번은 해 준 이야기인데. 아버지가 말한다.

얼른요. 내가 말한다.

아버지의 눈에 먼 데를 바라보는 눈빛이 어린다. 어머니라는 말만 들려도 그렇게 된다.

어느 날 밤에 잘 시간이었는데 깨어 있었어. 아버지가 말한다. 침대 위에 일어나 앉아 있었지. 형제들은 옆에서 다들 자는데 나 혼자 문짝처럼 꼿꼿이(straight as a gate)* 깨어 있었던 거야. 어머니가 들어오시더니 말씀하셨어. 왜 그러냐고. 어서 누워 자라고. 잠이 안 온다고, 언젠가 말편자를 박아 줄 사람이 하나도 남지 않을까 봐 걱정이 된다고, 내가 그랬어.

아버지는 손에 든 연필을 보더니 다시 귀 뒤에 꽂는다.

헤이(hay)** 내가 말한다.

헤이(hey) 뭐? 아버지가 말한다.

늙은 연료. 내가 말한다.

다시는 나를 그렇게 부르지 마라, 샌디. 버르장머리 없이 굴면 때려서 가르친다.

---

* 앙드레 지드의 『좁은 문(Strait is the Gate)』의 제목을 떠올리게 하는 표현.

** 건초를 가리키는 말.

아니요. 내가 말한다. 건초 말예요. '그게' 늙은 연료라고요. 마력(horsepower)이요.

마력? 아버지가 말한다. 아, '건초!' 아하.

그런데, 아빠. 내가 말한다. '문짝처럼 꽂꽂이'가 무슨 뜻이에요?

음, 그건…… 아버지가 말한다. 글쎄, 무슨 뜻인지 나도 정확히 몰라.

다들 쓰는 표현이에요? 내가 말한다. 아니면 아빠만 쓰는 말인가요?

모르겠구나. 아버지가 말한다. 나는 늘 써 온 표현인데, 뭐, 문짝은 꽂꽂이 제대로 달아야지 안 그랬다간 바닥에 떨어지거나 잘 안 열린다는 소리 아니겠냐?

운율이 맞으니까 아빠나 다른 사람들이 그냥 쓰는 표현 같은데요. 내가 말한다.

넌 지나치게 똘똘해서 탈이야. 아버지가 말한다. 휘발유가 뭐냐 했더니 내셔널에서 6실링 8펜스라는 대답이 다 나오고.

그날 이후 꽤 오랫동안 누가 그 주유소를 언급하거나 텔레비전에서 국가(national anthem), 국민 저축(national savings), 국가 안보(national security), 전통 의복(national costume), 국보(national treasure), 영화 「녹원의 천사(National Velvet)」 등등 내셔널이라는 말만 나오면 아버지는 내게 눈을 찡긋하며 방 건너편에서 외치곤 한다.

내셔널의 뜻은 바로 그거지, 안 그러냐? 뭔가가, 그러니까, 어떻게 되게 아까운 돈을 지불하는 곳이지?

연소되게요. 나는 내게 기대하는 답을 댄다.

역사적인 의미가 있다는 그 자물쇠에 관한 전화를 받은 다음 날은 아버지의 생일이었다. 나는 우리 집 거실에서 성냥을 긋고 촛불을 켰다.

그런데 그건 뭔가 아버지가 문병을 갈 수 없는 병원에 있는 게 아니라 돌아가시기라도 한 것처럼 느껴졌다.

그래서 촛불을 불어 꺼 버렸다.

바로 전날만 해도 나는 모든 것에 관심이 없었다. 다만 나 자신에 대한 경멸만은 절대로 관심이 없어진 상태에 도달하지 못했다. 이런 상태에 하도 익숙해져 있어서 촛불을 밝힐 생각을 했다는 게 우선 놀라웠고, 성냥을 연마지에 긋는 냄새와 꺼진 촛불의 냄새를 맡으면서 아버지는 이런 것들의 냄새를 맡을 수 없는데 나는 맡고 있다는 이유로 자신을 경멸하지 않는 게 또 놀라웠다.

이제 헤아릴 수 없는 이유로 나는 아무것도 더는 경멸하지 않았다.

개는 집에 남겨 놓았다. 책임지고 싶지 않았다. 나는 슈퍼마켓들이며 고가도로들, 그리고 꽃밭 가장자리에 거두지 않은 수선화들이 죽어서 악취를 풍기며 쌓여 있는 화훼단지를 지나 차를 몰았다.

우리가 늘 세우는 곳에 차를 세웠다.

내 차 외에 주차된 차가 없었다.

나는 우리가 늘 걷는 길을 따라 걸었다.

그 길에는 다른 사람이 없었다.

벌목된 나무들이 길가에 널려 있는 곳인데 올해는 없었다. 누가 숲속에서 작업 중인 기척도 없었고 그렇다고 내가 종묘상으로 갈 일도 없었다. 종묘상은 이미 폐업한 상태였던 것이다. 올해도 종묘상의 장미 넝쿨 너머로, 그러니까 언제나 그랬듯 에인션트 매리너, 어토믹 블론드, 뷰티풀 브리튼, 찰스 다윈, 클리프 리처드, 데임 주디

덴치, 셉티드 아일, 토머스 베켓 등등 알파벳순으로 정렬되어 개화를 기다리는 여러 줄의 장미 넝쿨 너머로, 나와 말다툼을 벌이던 아버지가 버럭 고함을 친다면 더 바랄 게 없을 것이다. 어쩌면 그것들은 버려져 마구 뒤엉킨 채로 아직 거기 남아 있을지 모른다. 폐업한 종묘상도 이제 엉망진창이 되어 있을지 모른다.

우리가 늘 걷던 길을 걸어가며 이 숲길을 걷는 일 또한 사실 의미 없다는 생각을 했다. 아마 그 길을 벗어난 것도 그래서, 그리고 나무들 틈으로 사슴인가 작은 말인가가 움직이는 걸 봐서, 또는 봤다고 생각해서였을지 모른다. 아니, 말들이 혼자 숲속을 거닌다고? 그럴 리는 없다. 내가 봤다고 생각한 그게 뭔지 보려고 나는 그것을 따라갔다.

그리고 걸음을 멈췄다. 길이 다 사라지고 없었다.

나는 발뒤축으로 한 바퀴를 돌았다.

그래 봤자 별 소용이 없었다. 주위에는 똑같은 마르고 키 큰 나무들이 다른 마르고 키 큰 나무들 쪽으로 뻗어 있었고, 그것들이 서로를 향하거나 피해서 굽은 방식에 따라 입구들이 수없이 나 있을 뿐이었다.

완전히 길을 잃기까지 삼십 초가 걸렸다.

방음 처리가 철저히 된 방에 들어가면, 들리는 소리라곤 자신의 심장 뛰는 소리와 몸속에서 피가 도는 소리, 장이 움직이는 소리와 침 꼴깍대는 소리뿐이라 이상하게 느껴진다는 말이 있는데, 딱 그렇게 이상했다. 그런데 내 귀에 들린 것은 우리가 들으려고 하는 것이 아닌 어떤 것의 소리였다. 나무들이 삐걱대는 소리가 들렸는데, 그것이 마치 서로에 통하는 언어로 말하듯 목재 속의 나무가 내는 소리라는 걸 그제야 알았다. 그 밑에서 보이지 않는 새의 날갯짓 소리, 다른 새의 울음소리와 또 다른 새의 울음소리, 그리고 내 몸 아래서 잔디가 움직일 때 나는 소리가 들려왔다. 그래, 소리가 교대하는 것처럼, 소리가 없는 듯 보였으나 사실 그 속에서 새로운 소리의 판이 조성되고 있었다.

사람들은 또 모든 광원으로부터 완전히 차단된 방에 들어가 '진짜' 어둠을 경험하기도 한다. 빛 자체에 어둠이 이렇게도 많은데, 바로 여기 빛과 어둠이 끝없이 교대하고 뒤바뀌고 있는데 도대체 왜일까?

수많은 민화며 동화들이 숲속을 배경으로 하고 있

는 것도 이해가 된다.

아주 잠깐 내 안의 실없는 뭔가가 이제 다음과 같은 일이 일어날 거라고 예상했다.

그때 왼쪽에서 사람들이 일하는 소리 같은 것이 들려와 고개를 돌려 보니, 그들이 내게 돌아가는 길을 손가락질로 보여 주거나,

혹은,

그런데 이내 여기서 멀지 않은 곳에서 누가 불을 피웠음을 의미하는 냄새가 나서 연기와 나의 코를 따라갔더니 공터가 나오고 숲속에 사는 / 숲속에서 일하는 / 숲속에서 산책을 즐기는 / 불로 뭔가 요리를 하는 사람들이 나타나 내게도 먹어 보라고 권하는 등 굉장히 친절하게 구는데,

이런 일은 사실은 전혀 일어나지 않았다.

실제 일어난 일은, 내가 길을 잃은 것이었다.

나는 혼자였다.

고속도로의 자동차 소리들이 더는 들려오지 않았다.

땅거미가 내리고 있었다.

내가 있는 곳이 어디고, 어느 쪽으로 가야 할지 아

무 감도 없었다.

그저 거기 그러고 있을 따름이었다.

나는 새로 자란 키 큰 잔디와 해묵은 딸기나무 덩굴손 위에 털썩 주저앉았다. 소매에서 작은 가시를 뜯어 이끼 위에 버리려 팔을 뻗다가 멈췄다. 대신 그것을 눈앞에 갖다 대고 최대한 유심히 살펴봤다.

손가락 끝에 붙은 그것은 하도 작아서 지문의 고랑들이 상대적으로 커 보였다. 두 손가락으로 눌러도 주저앉지 않을 만큼 단단하고 검었다. 그 끝에는 작은 고리가 달려 있었는데, 고리는 색이 연한 검지 끝을 배경으로 곡선을 이루었으며 아주 교묘하게 특정 역할을 수행하도록 만들어져 있다는 걸 알 수 있었으니, 그것은 바로 뭔지는 모르지만 가시가 떨어져 나온 그 식물을 고의로, 또는 어쩌다가 먹으려 드는 것을 표면 아래로 꿰뚫고 낚아당겨 그러지 못하게 만든 것이었다.

그것은 완벽하게 설계된 표본처럼 보였다.

나는 그것을 조금 전에 걸렸던 내 소매의 그 자리에 돌려 놓았다. 그러자 그것은 천 속으로 숨어들어 버렸다.

나는 담쟁이만 살아 있는, 죽어 쓰러진 나무 옆에

앉았다. 내 머리 위로 신록이 돋는 나무들이 빛나고 있었다. 새 한 마리가 초록 틈으로 한 조각의 하늘을 가로질러 날아가며 저 자신 너머로 울어 댔다.

나무들이 자기들의 언어로 말을 했다.

빛과 어둠이 번갈아 나타났다.

내가 아는 건 나 자신이 부재한다는 사실이었다.

내가 청정한 공기만큼 또렷하게 느낀 건 우연의 환영이자 또 다른 실재였다.

마도요

안녕(Goodbye) 대 안녕(Hello).

나는 네 살 반이다. 마치 기름이 떨어졌거나 인내심이 바닥나기라도 한 듯, 자기 자신이 마치 써 버린 돈이나 만료된 회원권이기라도 한 듯, 아버지와 나를 두고 집을 나가기 직전 현관 복도에서 다리께로 나를 안고 있는 어머니 뒤로 현관문 유리창을 통해 한낮의 빛이 스며든다. 어머니가 몸을 낮추어 얼굴을 마주 보고 내 어깨에 손을 얹는다.

너는 괜찮을 거야. 네 걱정은 하지 않아. 왜냐면, 왠지 알아? 개가 한 마리 있어. 커다란 데다 털이 아주 두꺼워서 거의 늑대 비슷한, 아니, 사실은 개가 아니라, 정말 늑대인데 말이야, 그게 바로 네 옆에 있거든.

나는 주위를 둘러본다. 개도 늑대도 없다.

너한테는 보이지 않아. 어머니가 말한다. 하지만 나한테는 보여.

월세를 받으러 오는 아저씨가 데리고 오는 그런 개예요? 내가 말한다.

그보다도 사나워. 그리고 다른 누구도 아닌 바로 네 거야. 늑대는 네 것이고 너는 늑대의 것이란다. 늑대는 절대 너를 떠나지 않을 거고 네가 잘되기를 바라지. 어머니가 말한다.

개도 없고 늑대도 없다. 아무것도 없다. 그런데 어머니는 뭔가가 보이는 듯 나를 바라보고 있다.

이런 일이 일어나긴 했을까? 나도 모른다.

나중에 아버지가 내게 해 준 말일까? 내 마음을 달래 주려고? 조금 더 견딜 만하게 해 주려고? 아니면 나 자신을, 또는 어쩌면 아버지의 기분을 돋워 주려고 내가 지어낸 걸까? 그럴 가능성이 더 높다.

나는 아는 게 거의 없었다. 아버지가 해 준 이야기가 전부였는데 그마저 얼마 되지 않았다.

어머니가 포플러 같은 것을 좋아했다고.

아주 감미롭고 단순한 피아노 선율에 눈물을 흘릴 수도, 분노할 수도 있는 사람이었다고.

그런 어머니가 마음에 들었다. 어머니를 분노케 한 것은 그 감미로운 단순함의 뻔뻔함이었다고, 아주 간단하게 도처에서 항상 일어나고 있는 복잡한 잔학 행위들을 의식하게 하는, 그 단순함들의 말없는 어울림(companion)이었다고 생각하는 게 좋았다.

내가 이렇게 상상한 것은 바로 다른 이유 때문이었으니, 그것은 아버지가 어머니에 대해 들려준 말들 가운데 가장 생생한 것이었다.

아일랜드에서 자라던 어느 날 언니 하나가 몹시 아파 어머니가 의사를 부르러 갔다. 어머니는 열한 살이었다. 들판을 가로질러 가는데 아기를 안은 떠돌이 여자와 마주쳤다. 여자는 돈을 달라고 했다.

언젠가 내 어머니가 될 그 아이는 돈이 없었다. 의사에게 줄 돈도 없었고, 그저 모쪼록 의사가 와 주기를 바랄 따름이었다. 그런데 어머니 가족과 종교가 달랐던 의사는 바로 그 차이점과 그 밖에 불분명한 온갖 사유로 그들을 싫어했다.

내 어머니인 아이는 여자에게 사과했다.

여자는 내 어머니인 아이의 손을 잡고 빈 손바닥을 들어 올려 거기 있는 것과 없는 것을 보았다.

네 가족 중 하나가 세 시 반에 죽을 것이다. 여자가 말했다.

정말로요?

나도 모르지.

정말이든 거짓말이든, 어머니에게는 죽은 자매가 분명 있었다. 그런 건 인터넷에서 다 찾아낼 수 있다.

어머니는 아마 도움을 청하러 갔겠지만 도움을 받으리라는 보장은 전혀 없었다.

나이가 더 들어 어머니는 우연히 만난 여자가 앞날을 숨김없이, 게다가 아무 대가도 받지 않고 알려 주었다고 말했다.

이야기 대 거짓말.

똑똑.

아버지의 개가 미친 듯 짖기 시작했다.

말쑥한 젊은 사람 둘이 문간에 서 있었다. 쌍둥이였다. 새로 이사 온 이웃인가? 모르는 얼굴들이었다. 둘 다 요즘 다시들 영업을 하는 미용실에서 방금 손질했을 헤어스타일을 똑같이 하고 있었으며, 둘 다 날렵한 하늘색 정장 바지를 똑같이 입고 있었다. 하나는 '셀린 파리(CELINE Paris)'라는 글자가 박힌 가방을 들고 있었고, 다른 하나는 단추가 풀린 정장 상의 사이로 받쳐 입은 흰색 티셔츠에 유성 매직을 이용해 손으로 'they / them'*이라고 써넣은 글씨가 보였다.

네? 내가 말했다.

저 개 좀, 지금 당장, 짖지 않게 해 주실래요? '셀린' 쌍둥이가 말했다.

그럼요. 당신들이 문을 두드려서 짖는 것일 뿐이지만요.

---

* 3인칭 복수대명사인 이 단어는 최근 자신의 성 정체성을 여성(she)이나 남성(he)으로 규정하고 싶어 하지 않는 경우의 대명사로도 사용된다.

'they' 쌍둥이는 아무 말 없이 길 저편을 흘긋 바라보았는데 당혹스러워선지 아니면 그쪽에서 훨씬 더 중요한 일이 일어나고 있어선지 알 수 없었다.

되도록 덜 짖게 해 볼게요. 내가 말했다. 알려 주셔서 고맙네요.

내가 문을 닫으려 했다.

아니에요, 저 망할 개 때문에 온 게 아니라고요. '셀린' 쌍둥이가 말했다.

아, 그렇군요. 그럼 무슨 일이죠? 내가 말했다.

얘기 좀 하고 싶어서요. 그녀가 말했다.

무슨 얘기요? 내가 말했다.

우리 셋은 몇 초간 말없이 서 있었다. 문득 들어오라고 하길 그들이 기다리고 있다는 생각이 들었다.

아, 미안해요. 내가 말했다. 집에는 아무도 들이지 않아요. 가족 하나가 건강이 좋지 않아 입원해 있어서요. 내 부주의로 그분에게 해를 끼치고 싶지 않거든요.

코로나는 지나갔어요. '셀린' 쌍둥이가 말했다. 정부가 발표했잖아요.

그녀가 첫인상보다 훨씬 어리다는 걸 깨달았다.

네, 뭐, 하지만 일어나고 있다고 말해지는 것과 실제 일어나는 것은 종종 상당한 차이가 있으니까요. 내가 말했다.

우리는 안 아파요. '셀린' 쌍둥이가 말했다.

육안으로 알아내기는 쉬운 일이 아니죠. 내가 말했다. 마스크들 있어요?

절대 아니죠. '셀린' 쌍둥이가 말했다. 우리는 감출 것이 없으니까요.

음. 내가 말했다. 잠깐만요.

내가 현관 옷걸이에 손을 뻗어 마스크를 하나 집었다.

IMO,* 아줌마는 해명해야 할 게 아주 많아요. 그 여자가 말했다.

뭐라고요? 내가 말했다.

다 들었으면서. 그녀가 말했다.

그래요, 들었어요. 내가 말했다. 그런데 문장 서두, 그게 무슨 뜻인지 모르겠어요.

---

* '내 생각에는(In my opinion)'의 준말.

IMO. 그녀가 다시 말했다.

음. 그렇군요. 내가 해명해야 할 거란 게 정확히 뭐죠? 내가 말했다.

우리 엄마를 더는 흔들지 말아 주세요. 그녀가 말했다.

그리고 자신들은 펠프 부인의 딸들이라고 말했다.

내가 고개를 흔들었다. 나는 모르는데요, 그 무슨 부인이라는……

아. 내가 말했다. 알겠어요. 자, 뒤란으로 가죠.

마당으로 이어진 옆문을 열어 주고 그녀들이 들어오게 물러섰다. 그들은 뒷문 옆 벤치에 앉았다. 나는 가장자리로 가서 작업실 문에 기댄 채 바닥에 책상다리를 하고 앉았다.

아줌마 때문에 우리 엄마가 미친 여자처럼 굴고 있다고요. '셀린' 쌍둥이가 말했다.

나 때문에. 내가 말했다.

엄마는 항상 여섯 시 오십 분에 일어났어요, 우리 평생토록요. 그런데 이제 쉬는 날이면 아침 아홉 시 열 시나 돼야 일어나요. 아버지가 제대로 살질 못해요.

아이고, 저런. 내가 말했다.

아버지 말을 듣질 않아요. 우리 말도 마찬가지고요. 밤에는 혼자 차를 몰고 나가서 몇 시간씩 안 들어오고 어디 갔다 왔는지 아무한테도 말을 안 해요.

그 정도라면 뭐 그다지 미친 짓처럼 들리지는 않네요. 내가 말했다.

우리 엄마를 모르잖아요. 그녀가 말했다.

바로 그거예요. 나는 댁의 엄마를 몰라요. 내가 말했다.

엄마가 저녁마다 여기 오나요? 그녀가 말했다.

여기? 전혀 아닌데. 내가 말했다.

완전히 달라졌어요. 주방이나 거실에 멍하니 서서 실실 웃기나 하고. 저번에 아멜리를, 내 딸이거든요, 엄마한테 맡기고 나중에 돌아와 보니 둘이서 고리 스파게티 깡통에서 내용물을 꺼내 가지고 목걸이를 만들고 있지 뭐예요.

여러 주 만에 처음으로 나는 큰 소리로 웃었다.

웃기는 일 아니거든요. '셀린' 쌍둥이가 말했다. 옷이 엉망이 되고 아멜리의 머리는 토마토 찌꺼기로 범벅이 됐다고요. 게다가 아멜리에게 아주 무서운 이야기들을 들려줘서 이제 아이가 잠을 못 자요. 부리가 장검처럼 긴 새, 다리가 잘린 말 따위 온갖 이상한 소리를 해 대면서 잠에서 깨요. IMO, 정말 기괴해요. 아주, 아주 분열적이고요. 그것도 달라진 점이에요. 엄마는 웬만해선 웃지 않는 사람이었어요. 그런데 이제 밤낮 웃어요. 아줌마가 방금 그랬던 것처럼. 사람들이 엄마에게 말을 하고 있을 때조차. 그리고 자꾸 무슨 말인가를 해요. 아주 큰 소리로요.

잠깐, 그 말은 대화를 한다는 거잖아요. 내가 말했다.

그게 아닌 게, 누군가에게 하는 말이 아니라고요. 그냥 말들을 해요. 전에는 엄마 입에서 나온 적도 없었던 말들을.

어떤 종류의 말인가요? 내가 말했다.

그냥 서서 "정말 놀라워." 이래요. '셀린' 쌍둥이가 말했다. "인생이란 놀라워." 그리고 "이런 일이 생길 줄이야." 같은 말을 한 다음 그대로 선 채 미소를 짓고 고개를 가로젓죠.

약간 사랑에 빠진 것 같은데요. 내가 말했다.

구역질 나요. '셀린' 쌍둥이가 말했다. 엄마는 나이가 예순 가까워요.

뭐, 제대로 따지면 쉰여섯이지.

'they' 쌍둥이가 마침내 입을 열었다.

그뿐 아니라 저희 엄마를 진정으로 위하는 직장 동료에 따르면, 엄마가 전자기록시스템에 접속해 귀속 관계라든가 갖가지 연혁 및 필수 목록 정보를 변경하고 있대요. '셀린' 쌍둥이가 말했다.

그게 그쪽 엄마가 한 건지 어떻게 알죠? 내가 말했다.

추적 결과 엄마 컴퓨터로 밝혀졌으니까요. 'they' 쌍둥이가 말했다.

그렇다고 반드시 엄마가 한 일인지는 확실치 않잖아요. 내가 말했다.

철부지처럼 굴다 훌륭한 시간제 일자리를 잃게 생겼다고요. '셀린' 쌍둥이가 휴대전화를 내 쪽으로 들어 보이며 말했다.

이거 녹음하는 거예요? 내가 말했다.

왜 아줌마 번호가 엄마 전화기에 있는 거고, 또 왜 엄마 노트북에 아줌마 검색 기록이 그것도 몇 차례나 남아 있는 걸까요? 그녀가 말했다. 우리 엄마랑 바람난 건 아니죠?

아닌데요. 내가 말했다.

우리 엄마 지금 이 집에 있어요? '셀린' 쌍둥이가 여전히 휴대전화를 내 쪽으로 향한 채 말했다.

이미 말했는데. 아니라고. 내가 말했다.

그래서 우리를 집 안으로 들이지 않고 거짓말하는 거 아니에요? 그녀가 말했다.

내가 몸을 앞으로 구부려 전화기에 대고 말했다.

그쪽 엄마는 우리 집에 없어요. 내가 말했다.

우리가 확인하지 못하게 하려고 안으로 들이지 않는 거야. '셀린' 쌍둥이가 전화기에 대고 말했다.

누가 듣고 있는지 모르지만 거기 대고 말해요. 내가 말했다. 사기꾼일지 모를 낯선 자들을 집 안에 들일 리 없다고요.

우리 사기꾼 아니거든요. '셀린' 쌍둥이가 말했다.

엄마가 이 집에 없다잖아. 'they' 쌍둥이가 말했다. 그럼 이 집에 없을 거야. 자, 이든. 가자.

그럼 대체 어디 있는데? 이든 펠프가 울부짖듯 말했

다. 다른 어디에 있는 거냐고?

그냥 집을 나갔나? 내가 말했다. 흐음, 그거 참.

지금 이게 웃을 일이에요? 이든 펠프가 고함을 쳤다. 엄마가 제기랄 행방불명인데.

이든. 왜 이래. 'they' 쌍둥이가 말했다.

그건 다르죠. 내가 말했다. 내가 너무 가볍게 받아들이는 거면 미안한데요. 행방불명된 지가 얼마나 됐죠? 엄마를 마지막으로 본 게 언제냐고요.

오늘 아침 일어나서요. 이든 펠프가 말했다.

지금은 겨우 정오였다. 절로 웃음이 났다.

기막힌 사람이군요. 이든 펠프가 말했다. 우리의 상실을 비웃기나 하고.

이든. 'they' 쌍둥이가 말했다.

그리고 내 쪽으로 몸을 돌렸다.

우리 엄마랑 사귀고 계신가요?

내가 고개를 흔들었다.

하지만 엄마를 알기는 하시죠? 'they'가 말했다. 엄마는 아줌마를 알고요. 연락을 주고받으셨어요. 최근에 말이에요.

전부 알고 있어요. 경찰에 다 얘기할 거예요. 이든 펠프가 말했다. 경찰이랑 잘 알거든요. 아버지가 아주 유명인사예요. 정부 당국과도 가깝고요. 권력자들 말이죠. 아줌마를 고소할 거예요. 언론에도 터뜨리고요. 소셜 미디어에서 멍석말이를 당하게 할 거예요. 아줌마는 캔슬(cancel)*될 거예요. 일자리도 잃겠죠. 모두가, 모든 것이, 아줌마를 불매운동 하게 할 거예요.

내가 어깨를 으쓱했다.

그쪽 엄마가 나에게 연락을 취해 왔지 그 반대가 아니었어요. 사반세기 만에 겨우 두 번 이야기를 나눴죠. 최근 어느 날 저녁 그쪽 엄마에게서 갑자기 전화가 온 게 첫 번째였어요. 그리고 내게 줌 링크를 보내서 그걸로 반 시간 좀 넘게 대화를 또 했죠. 그게 내가 그쪽 엄마를 악랄하게 조종한 전모라고 해 두죠.

아줌마가 엄마한테 보낸 수많은 문자들은 뭐고요? 이든 펠프가 말했다.

무슨 문자요? 내가 말했다. 문자 같은 거 안 보냈는

* 자신과 생각이 다른 유명인사의 SNS 계정 팔로를 중단하거나 그들이 관련된 일을 보이콧하는 문화 현상.

데. 아, 잠깐. 하나 보냈구나.

하나라니! 이든 펠프가 말했다. 거짓말쟁이.

아니야. 'they' 쌍둥이가 말했다. 솔직히, 이드,* 전화기에서 문자 하나만 발견했잖아.

그거야 다른 문자들은 유죄를 입증하게 될까 봐 엄마가 다 지웠으니까 그럴 테지. 이든 펠프가 말했다.

'they' 쌍둥이가 내게로 몸을 돌렸다.

이게 우리가 발견한 문자인데요. 뭐라고 돼 있냐면, 그냥 읽으면, '네게 줄 것이 있어.' 우리 엄마에게 주신 게 뭔가요?

마약이죠? 이든 펠프가 말했다.

두 사람 다 엄마의 개인 전화기를 뒤져 보고, 뭐 하는 짓이에요? 내가 말했다.

엄마를 도우려는 것뿐이에요. 'they' 쌍둥이가 말했다. 제발 도와주세요.

그래서 그들 엄마에게 이야기를 하나 들려줬다고 내가 말했다.

---

* 이든(Eden)의 애칭.

그뿐이에요. 내가 말했다. 그게 전부라고요.

뭐요? 이든 펠프가 말했다. 무슨 뉴스 기사 같은 거요?

이야기요. 내가 말했다. 그냥 이야기요. 그쪽 엄마가 이야기를 하나 들려줘서 나도 들려줬어요. 공평하게요.

케케묵은 옛날이야기 그런 거였나요? 'they' 쌍둥이가 말했다. 아이들 잘 자라고 밤에 들려주는 그런 이야기요?

정말 역겨운 인간이군요. 이든 펠프가 말했다. 한 여인을 자녀들에게서 꾀어내려고 변태적 게임이나 즐기는, 그런.

이봐요. 내가 말했다. 그쪽 엄마가 느닷없이 내게 연락해 자기 삶에서 미스터리로 느껴지는 몇 가지에 대해 얘기하더니 내 반응을 듣고 싶어 했어요. 내게 들려준 그 말들은 이야기의 형태를 취했고요. 그래서 다시 연락이 닿았을 때 그 미스터리에 대해 떠오른 내 생각을 말해 줬더니, 그게 또 다른 이야기의 형태를 띠게 됐어요.

우와, 신기하네요. 'they' 쌍둥이가 말했다.

우리 엄마를 조종한 거야. 이든 펠프가 말했다. 거짓

말로 말이지.

아니에요. 내가 말했다. 거짓말을 하는 사람들은 자신의 어떤 목적에 상대를 예속시키는 데만 관심이 있죠.

이 여자가 우리 엄마를 노예로 삼은 거야. 이든 펠프가 말했다. 우리 엄마와 사랑에 빠져 우리 가족을 괴롭히는 거라고. 우리 가족을 산산조각 내고 싶은 거야.

나는 아무도 괴롭히지 않아요. 내가 말했다. 그쪽 엄마가, 아니, 그쪽 가족 누구든, 어디 사는지도 모르는데.

네, 그런데 어떤 이야기였어요? 'they' 쌍둥이가 말했다.

그건 엄마한테 직접 물어보고. 내가 대답했다. 나도 질문이 하나 있어요. 내가 어디 사는지 어떻게 알았어요?

우리는 아줌마에 대해 다 알아요. 이든 펠프가 말했다. 리(Lee)는 IG의 IT 부서에서 일하거든요.

그게 그쪽 이름이에요? 내가 말했다. 리?

네. 'they' 쌍둥이가 말했다. 끝이 a인 리예요. Lea요. 얘는 이든이고요.

IG는 뭐죠? 내가 말했다.

꼰대 아니랄까 봐. 이든 펠프가 말했다.

인스타그램 말이에요. 그런데 더는 거기서 일 안 해요. 이제 외주 인력이에요. 데이터 담당. 리 펠프가 말했다.

나는 리 펠프를 다시 보고 티셔츠에 유성 매직으로 쓴 글자 'they / them'을 이어서 보았다.

저기, 종종 생각하는 건데. 내가 말했다. 그쪽 티셔츠에 쓰여 있듯 아주 사소한 언어 변화도 기회만 주어지면 모든 걸 가능케 할 수 있다 싶어요.

말했잖아. 이든 펠프가 말했다. 꼰대 경보.

리 펠프가 나를 처음으로 날카롭게 바라보더니 말했다.

놀리시는 거예요?

아니에요. 내가 말했다. 그건 이 시대의 진정한 혁명 중 하나예요. 언어에 일어난 가장 신나는 변화 중 하나고요. 살아 있는 초록 나뭇가지마냥 문법이 휘어질 수 있다는 거요. 언어가 우리에게 살아 있는 거라면 의미도 문법도 살아 있는 것일 테고, 그럼 우리들 간의 분열보다는 그 안의 연결들이 모든 것에 어떻게든 활력을 불어넣어 줄 테니까요. 그건 개별 인간이 개별자이자 동시에 복수형일 수도 있다는 뜻이죠. 나는 규정할 수 없는 걸 포용하는 쪽으로 변화할 진정한 공간이 있다고 늘 믿어 왔어요.

사실 전 매우 규정되어 있어요. 리 펠프가 말했다. 그리고 내가 쓸 때 'they'는 단수형이에요. 젠더는 내게 상관없는 것임을 알리기 위한 거죠. 이분법을 캔슬하기 위한 거요.

작지만 강력한 낱말이죠. 내가 말했다.

네, 맞아요. 아주 강력해요. 리 펠프가 말했다. (그리고 보란 듯이 쌍둥이 자매가 들고 있는 전화기에 최대한 가깝게 몸을 굽히며) 그래서 아버지가 나한테 내 짐을 몽땅 차고로 옮기게 했어요.

이든 펠프는 눈살을 찌푸리며 손으로 전화기의 마이크를 가렸다.

그리고 내가 미친 짓 그만하고 이른바 전통적으로 올바른 대명사로 나 자신을 지칭하기 전까지는 집 안에 들어오지 못하게 하죠. 리 펠프가 말했다.

아. 내가 말했다.

나는 다시 전화기 쪽으로 몸을 구부렸다.

'they'라는 낱말은 중세 시대부터 지금 그쪽이 쓰는 바로 그 용도로 전통적이고 문법에 맞게 사용되어 왔어요.

지원의 몸짓 감사합니다. 친절하세요. 하지만 아줌마든 누구든 저를 변호해 주지 않아도 괜찮아요. 리 펠프가 말했다.

자. 내가 말했다. 두 사람 다 만나서 반가웠어요. 찾아와 줘서 고마워요.

나는 마티나 잉글리스/펠프의 아이들에 대한 나 자신의 선입견을 품은 채 미소 지었다. 두 사람은 또 나에 대한 선입견으로 가득한 얼굴로 나를 마주 바라보았다. 내가 자리에서 일어나 이제 자리를 파하자는 표시로 양팔을 벌렸으나, 두 사람은 벤치에 꼼짝 않고 그대로 앉아 있었다.

아무 데도 안 가요. 이든 펠프가 말했다. 다시는 우리 엄마 근처에 얼씬대지 않겠다고 약속하기 전까진.

약속하죠. 내가 말했다. 이제 어디든 가요.

그리고 뒷문 옆에 가 서서 문을 열었다. 그녀들은 여전히 꼼짝도 않고 벤치에 앉아 있었다.

우리 엄마를 예전 그대로 돌려놓는 방법을 알려 주지 않는 한 아무 데도 안 가요. 이든 펠프가 말했다.

그건 댁들이 씨름해야 할 미스터리 아니겠어요? 내가 말했다.

야, 이드. 리 펠프가 말했다. 여기서 할 일은 더 없는 것 같아.

그리고 쌍둥이 자매를 일으켜 세워 문 쪽으로 밀었다.

아줌마 사는 데도 다 알고. 뒤에서 문이 닫히는 순간, 이든이 말했다. 다시 돌아올 거니까 두고 봐요.

다음에는 마스크 꼭 갖고 와요. 내가 뒤에서 외쳤다.

그리고 손을 씻고 작업실로 들어가 하던 일을 계속했다.

상상 대 현실.

네게 줄 것이 있어. 나는 화면의 링크를 클릭했다. 마티나 잉글리스. 같지만 다르고, 다르지만 같은.

과일과 도자기들이 잔뜩 놓인, 그것도 하나가 아닌 여러 개의 탁자를 배경으로 그녀는 앉아 있었다. 지붕 밑에 둘러쳐져 있고 주로 유리로 이뤄진, 그녀 위의 저것은 발코니인가?

시간의 모래밭은 개나 주라지. 그녀가 말했다. 넌 아직도 똑같다. 세월이 이렇게 흘렀는데. 영혼을 악마에게 팔기라도 한 거니?

반 시간 정도밖에 시간이 없어. 내가 말했다.

맙소사, 너 정말로 하나도 안 변했구나. 그녀가 말했다. 나도 반갑다.

일전에 내게 일어난 일을 들려주려고 연락했어. 내가 말했다.

그래. 그녀가 말했다. 좋아. 너 그럴 줄 알았어. 실망시키지 않을 줄 알았다고. 자, 어서 얘기해 봐.

집에 왔어. 내가 말했다. 막 어두워진 저녁나절이었지. 숲길 산책 후 돌아온 건데 현관문을 열자 금속성의 물질이 타는 냄새가 났어. 누가 집 안 어디다 토탄을 피운 듯이 말이야. 집 안쪽까지 들어갔다가 계단 밑으로 돌아왔는데 냄새가 사방에서 나고 있었어.

요즘 후각이 이상해진 사람들이 굉장히 많지. 그녀가 말했다.

이야기 끊지 말고 들어 봐. 내가 말했다. 시간이 없다니까. 먼저 내가 기억나는 것들을 다 말한 다음 남은 시간 동안 대화하자. 한 시간 후에 병원에 가야 해서.

너 어디 아프니? 그녀가 말했다. 아닌 거 같은데. 누가 아픈 거야?

그래서 아래층으로 내려가 불을 다 켰어. 내가 말했다. 혹시 전기 배선에 문제가 생긴 건가 걱정이 돼서 이번에는 불을 다 끄고 어둠 속에서 위층으로 올라갔지.

그리고 침실 문을 열었어.

안에 누가 있었어. 침대 뒤에 웅크리고 앉아 내 옷장을 뒤지고 있더라. 뭐, 옷장이라고 해 봤자 훔칠 만한 것도 없는데. 불을 켜 봤어. 꾀죄죄한 누더기를 걸친, 노숙자 아니면 마약 하는 사람이 집에 쳐들어온 거였어. 옷장 바닥에 놓아뒀던 구두며 부츠 들이 방바닥에 널려 있었고, 아버지의 개는 올라가면 안 된다는 걸 잘 아는 침대 위에 올라가 내 물건들을 뒤지고 있는 그 사람이 아니라 내가 침입자인 양 나를 쳐다보고 있었어.

개 옆에는 다른 생물이 하나 앉아 있었어. 꽤 컸어. 작은 칠면조 정도는 될 법했지. 그런데 다리도 머리도 없는 것 같았어.

환각이었니? 마티나 잉글리스가 말했다. 바이러스

감염 후 환각에 빠지는 사람들이 많아.

개에게 내가 말했어. 당장 침대에서 내려와. 이어서 사람에게 물었어. 어떻게 내 집에 들어왔죠? 일어나 옷장에서 나온 여자가 몸을 돌려 나를 바라봤어. 열여섯쯤 됐을 소녀였지. 얼굴과 손이 때로 뒤덮여 있는데 존재 전체가, 글쎄, 1960년대 영국 영화에 나오는 광재 더미에서 석탄을 훔치며 살아온 것처럼 보였어. 몹시 더러운 맨발 한쪽을 내가 가진 가장 괜찮은 겨울 부츠에 집어넣으며 발칙하게도 나를 빤히 보는 거야. 그리고 하는 말이, 이 개에게 신경 좀 더 써야 될 것 같군요, 대체 생각이 있기나 해요? 이러더라고. 그래서 내가, 당신 뭐, 개 경찰이라도 되나? 그랬지. 그러자 소녀가 하는 말이, 새 신발 말인데요, 아줌마는 아줌마 발이 필요로 하는 것보다 신발이 훨씬 많으니까 하나쯤 없어져도 모를 거예요, 이러지 뭐야. 내가 다시 물었어. 내 집에 어떻게 들어온 거예요? 소녀가 대답했어. 쉬워요, 열쇠(dumb)로요. 이 신발만 나눠 주면 저 새를 데리고 바로 나갈게요.

그 순간 침대 위의 그 머리 없는 생물이 몸에서 머리를 뽑아냈어. 과연 새였어. 깃털에 묻고 있던 머리가 나타나는데 부리가 정말 엄청났어. 여태 본, 또는 상상해 본 가장 긴 부리만큼, 또는 그보다 더 길었어. 길고 가늘고, 뭐랄까, 아주 가느다란 예식용 장검처럼 섬세한 곡선을 이루고 있었어. 아직도 침대 위에서 아버지의 개 옆에 앉은 그 새는 부리 때문에 여러 세기 전 베네치아에서 병균 감염을 막으려 사람들이 썼다는 삽화 속 흑사병 마스크 같은 얼굴로, 깊고 검은 눈을 내게 향한 채 나를 바라보고 있었어.

맙소사. 화면 속의 마티나 잉글리스가 말했다. 도요새네.

눈동자가 작고 검은 빛 같았어. 내가 말했다. 그러더니 간신히 일어나 앉아 날갯짓을 하는데, 방 크기에 비해 너무 큰 날개가 전등갓을 건드려 흔들리자 풀쩍 날아올라 소녀의 어깨 위에 올라앉았어. 소녀는 새의 체중을 감당하려 어깨를 곧추세우면서 내 쪽으로 향했어.

이거 가져도 돼요, 안 돼요? 소녀가 말하더라. 안 된다고 할 수나 있는 거예요? 내가 말했지. 그쪽 신발은 어디 있는데? 누가 뺏어 갔어요. 언제? 내가 물었어. 이동 중에요. 소녀가 대답했어. 어디, 밴드 소속인가요? 내가 물었어. 밴드 멤버로 이동하기엔 너무 어려 보여서. 그런데 고개를 끄덕이더라고.

'기술조합단(the Brotherhood of the Company of the Craft)'의 회원이었어요. 소녀가 말했어.

머리를 쥐어짜 보았지만 한 번도 못 들어 본 단어였다.

무슨 노래를 부르는데요? 내가 물었지. 아무거나 내키는 대로요, 저 이제는 회원 아니에요. 소녀가 말했어. 쫓겨났어요. 괜찮아요, 내 연장은 내 거니까. 이제 돌아다녀요.

무슨 그루피예요? 이렇게 노숙에 마약이나 하고 다니기에는 소녀는 너무나도 어렸어.

못이랑 징이랑. 소녀가 말했어. 온갖 장식까지 잘해요. 나는 특별회원이에요. 여기 뭐 고칠 거 없어요? 아줌마가 망가뜨린 이 불쌍한 개 빼고요. 그건 내부가 망가진 거라 아줌마가 고쳐야지 나는 못 고치니까. 집 안에서 자게 해 준다면 뭐가 됐든 세간을 하나 고쳐 드리죠. 제가 솜씨가 좀 있어요. 국 냄비, 자물쇠, 석쇠, 주전자, 촛대, 경첩…… 고쳤다 하면 평생을 써요, 보장합니다. 칼도 잘 만들어요. 내생을 위해 내가 만든 칼이랑 함께 묻힌 사람들도 많거든요.

뭔가에 취해 있었어. 뭔지는 나도 모르고. 그게 아니면 무슨「폴다크」같은 드라마에서 어법을 배웠거나.

그런데 칼은 또 뭔 소리야?

이름이 뭐야? 내가 물었어. 괜찮다면 말 안 할래요. 소녀가 대답했어. 안 하는 게 나아요. 그러면서 손을 드는데, 새가 좀 불편해 보이더라. 그리고 손을 위쪽으로 올리고 머리를 움직이는 모양이 마치 밧줄을 쥐고 있고 그 밧줄에 목이 막 꺾인 것만 같았어.

맙소사. 내가 말했지. 그러지 마.

그럼 이 신발 가져도 돼요? 소녀가 말했어.

이제 두 발을 다 내 괜찮은 부츠에 집어넣은 소녀는 한쪽 지퍼를 보며 감탄하고 있었어.

부모님이 누구고 어디 사는지, 어떻게 찾아 소녀가 잘 있다고 알려 줄 수 있을지, 그리고 자신에 대해 좀 더 이야기를 해 준다면 부츠를 주겠다고 내가 말했어.

이 불쌍한 개에게 온당한 신경을 써 주겠다고 맹세하면 이야기해 주겠다고 소녀가 그러더라. 그러겠다고 했지. 사실 맞는 말이라고, 정확히 잘 봤다고, 밥이랑 물 말고는 개가 정말 필요로 하는 걸 아무것도 주지 않았다고 내가 그랬어. 소녀가 고개를 끄덕였고, 소녀의 목 뒤에 앉은 새는 무슨 축제용 어깨띠 혹은 아무도 침범할 수 없는 줄처럼 굽은 부리를 소녀의 어깨와 가슴 너머로 내리고 나를 노려봤어.

소녀가 카펫 바닥에 앉자, 새는 잠시 날아오르더니 다시 소녀 어깨 위에 내려와 앉았어.

소녀는 자기 부모는 이미 죽었다면서 어디 열심히 찾아보라고, 자기 이야기를 하자면 자기는 말을 잘 다룬다고 했어. 통정 때문에 쫓겨났다며, 무슨 로이라던가, 아니, 로이드였나, 같은 곳에서 일했던 게 분명한, 자기가 사귀었다는 성자에 대한 길고 괴상한 이야기를 해 댔어. 언젠가 다리가 아픈 말의 발에 편자를 박는 일을 맡았다는데 말이 아무도 가까이 오질 못하게 했대. 날뛰고 발로 차고, 그렇게 이미 세 사람이나 나가떨어졌다는 거야. 그래서 이 성자가 아주 날카로운 칼을 갖고 아픈 다리를 통째로 잘라 내자, 말이 나머지 다리들로 얌전히 서서 잘라 낸 다리에 편자를 박아 다시 제 몸에 뜨거운 인

듯불로 납땜해 붙이는 걸 보고 있었대.

아, 로이드는 망나니 다루는 법을 제대로 알거든요. 소녀가 말했어. 그놈을 멀찌감치 두고 다가오지 못하게 하는 거예요.

그러자 소녀의 목에 감긴 새가 시연이라도 해 보이듯 부리를 열었다가 닫았어.

소녀는 마약에든 뭐에든 완전히 취한 사람에게 예상할 수 없는, 아니, 어쩌면 그 정도는 예상했어야 했을지 모를 명징함으로 이 모든 이야기를 했어.

우리 거래 조건은, 내가 말했어. 네 부모가 어디 계시고 네 이야기는 어떤 건지 내게 말해 주는 거였는데, 넌 고작 헛소리만 지껄여 댔어.

그게 내 이야기라니까요. 소녀가 말했어. 아줌마가 뭔데 아니라는 거죠? 나를 돕고 싶다면 신발이나 주세요. 어디 어두운 데서 쉴 수 있게 해 주고요, 참 나.

얼마든지 여기 있어도 돼. 내가 말했어.

필요할 때까지만 있을 거예요.

좀 씻겠니? 내가 말했어. 지금이 무슨 달이냐고 소녀가 물어서 4월이라고 알려 줬더니 아니라고, 자기는

5월에 씻는다고 그러는 거야. 그래서 담요를 하나 주고 아래층으로 데리고 갔어. 소파에 누워 담요를 덮더라고. 그렇게 쉬기 시작했어. 새는 소녀의 가슴 위에 앉아서 머리를 뒤로 묻고 부리도 제 몸에 파묻었어. 아버지의 개도 내려와서 마치 내가 아니라 소녀의 일행인 듯 소파 옆 바닥에 눕지 뭐야.

나는 방 반대편에 앉아 손님이 잠들 때까지 기다렸어. 소녀가 잠이 들자 인터넷에 들어가 음악 기술조합단을 검색해 봤지만 유로비전 송 콘테스트에 나가 수상했다는 옛날 1970년대 밴드랑 '브라더후드'라는 미국 맥주 말고는 아무것도 뜨지 않았어. 그러다 소녀처럼 생긴 실종자들의 사진을 인터넷에서 검색할 수 있겠다는 생각이 들더라고.

전화기로 슬쩍 사진을 하나 찍어 소녀를 찾고 있을지 모를 누군가에게 보내 주겠다는 생각으로 방 안을 가로질러 가 봤어.

소녀의 목 아래, 쇄골 위에 갈지자로 난 아주 무시무시한 화상 감염 흉터가 보였어.

머리를 뒤로 돌린 새가 검은 눈을 떴어. 소녀도 한

쪽 눈을 뜨고 나를 보고 있었고.

여기 쇄골에 이건 어떻게 생긴 거야? 내가 물었어.

훌륭하죠? 소녀가 말했어. 감쪽같이 나을 거예요.

제정신이 아니야. 어쩌면 마약이 아니라 심한 화상으로 인한 감염증이었을지도 몰라.

욕실에 새블론(Savlon) 연고가 있는데. 내가 말했어.

발라 준다(Salve on). 나 치유도 배워서 할 수 있어요. 냉각수로 여자의 병을 고칠 수도 있고, 안짱다리 아이를 치료할 수도 있죠. 인둣불은 어떤 상처에도 잘 듣지만 특히나 말의 '성난 입(angry mouth)'에 특효가 있어요. 혹시 성난 입에 시달리는 말이 있으면……

나는 고개를 젓고 말했어. 나 말 없는데.

소녀가 눈을 감으며 말하더라. 그거 참 안됐네요.

소녀의 가슴에 덮인 담요 위의 새 역시 눈을 감았어.

이 마지막 문장을 말하며 나도 화면 위 마티나 잉글리스를 향해 눈을 감았다.

다섯을 셌다.

다시 눈을 떴다.

마티나 잉글리스는 텅 빈 공간에 앉아 아이처럼 휘

둥그레진 눈으로 내가 떠 있는 화면을 바라보고 있었다.

그게 다야. 전부야. 내가 말했다.

아니야. 그다음에 무슨 일이 일어난 게 분명해. 그녀가 말했다. 그다음에 무슨 일이 일어났어?

나도 몰라. 일어나 보니 없었어. 내가 말했다. 담요는 소파 위에 깔끔하게 놓여 있고, 개가 슬픔에 잠겨 문가에 앉아 있었어. 부츠랑 새블론을 가져갔더라. 새블론 가져간 게 다행이다 싶었어. 의사가 봐 줘야 할 화상이었으니까.

하지만 그 새, 소녀의 어깨 위에 그 새 말이야. 그녀가 말했다. 그거 도요새야. 그렇지?

나도 몰라. 내가 말했다. 어떻게 알겠어. 정말 몹시 비현실적인 몰골이었거든. 부리도 너무 길고. 그렇게 긴 부리를 부러뜨리지 않고 어떻게 뭔가를 먹을 수 있냐고.

네 집에 찾아온 그 소녀는, 그녀가 말했다. 화신이야, 그렇지?

아니야. 내가 말했다. 사람이었어.

환영이야. 그녀가 말했다. 부스비 자물쇠를 만든 사람의. 그렇지?

아니야. 뭔가에 완전히 취해 정신이 나간 사람이었어. 내가 말했다. 실성해서 헛소리를 주절대는 사람 말이야. 그리고 내 집에 쳐들어와 내 부츠를 훔쳤지. 누가 자기 신발을 훔쳐 갔다는 이유로. 게다가 아직도 카펫 바닥 위의 새똥을 못 치웠다고.

마티나는 완전히 몰입되어 있었다.

그녀는 양손으로 얼굴을 문지르더니 입 위에 갖다 대고 다시 떼었다.

소녀라. 정말이지 아니란 법이 어딨어? 그렇게 상상하면 안 될 이유가 있냐고? 틀림없이 몇은 됐을 거야. 장담컨대 몇은 있었다고. 많지는 않았겠지. 국 냄비, 자물쇠, 경첩, 장식까지 잘해요.

그녀가 고개를 흔들었다.

통정을 이유로 쫓아냈다는데, 그래, 그런 일은 당연히 일어났을 수 있어. 대장장이 도제 규칙에 따르면 통정은 금기사항 중 하나야. 도제에게는 통정이 허락되지 않았다고. 또 하나. 네가 본 화상, 그거 어떤 모양이었어?

새가 벌린 부리 같았어. 내가 말했다. 수학의 부등호 비슷하게. 선홍색으로 잔뜩 부어올라서 쇄골과 가슴을 가로질러 나 있었어.

V 자 낙인. 그녀가 말했다. '부랑자(vagrant)'를 뜻하지. '방랑자(vagabond).'

노숙자가 분명해. 내가 말했다.

1349년 노동자 조례. 마티나 잉글리스가 말했다. 그리고 이후 이삼백 년에 걸친 다양한 방랑자 관련 법률. 직업이나 소속 교구가 없는 사람들의 가슴과 얼굴에 V 자를 불로 찍어 넣었지. 교구들이야 괜히 돈을 더 쓰고 싶지 않았고, 그래서 사람들에게 온갖 종류의 글자들을 지져 넣은 거야. V 자는 누구든 집이 없거나 떠도는 사람, 이를테면 유랑극단의 배우나 무용수나 공연자, 연예인 등에게 해당됐어. 집시라는 말의 어원인 이른바 '이집트인'들에게도 낙인을 찍었어. 어딘가 외국인처럼만 보이면 누구든 걸려들었지. 교수형에 처하는 일도 있었고.

그래, 하지만 이건 역사 이야기가 아니잖아. 내가 말했다. 지금이라고. 길거리를 떠도는 어떤 가련한 소녀란 말이야. 화상 부위에 새블론을 바르며 움찔하는 것까지 눈으로 봤다니까.

역사이기도 해. 그녀가 말했다. 지금 일어나고 있는

역사. 혹시 그녀가 했던 말이 '선택하세요(you choose)'가 아니라 애초에 '새 신발(new shoes)'이었던 건 아닐까?

내가 어깨를 으쓱했다.

그리고 그 같잖은 법률은 사람들에게 거주지를 고정시키게 했어. 마음대로 돌아다닐 수 없었지. 등록된 곳에서만 일을 하게 강요됐어. 처음에 이런 법률이 생긴 건 흑사병 때문이었는데, 사람들이 하도 많이 죽으니 지방 노동력이 아주 씨가 말랐던 거야. 그러다 공유지를 공공의 용도에서 빼앗아 가는 '사유화 법령'이 나오면서 사람들은 가축을 먹이지도 연료를 쉽게 구하지도 못하게 됐어. 강제노동을 위한 술수였지. 그러다 인구 폭발로 부랑자 수도 폭증했고, 더 많은 사람들이 인둣불로 공공연히 낙인을 찍히면서 민심 통제의 완벽한 도구로 사용됐어.

'제압(vanquished)'을 뜻하는 V 자인가? 내가 말했다.

'희생(victimized)'을 뜻할 수도. 그녀가 말했다.

'방문객(visitor)'일 수도 있겠네. 내가 말했다.

'대(versus)'일 수도 있겠지. 그녀가 말했다.

과거 대 현재. 우리 대 그들. 내가 말했다.

'귀빈(VIP)' 차로. 그녀가 말했다.

하. 내가 말했다. 1980년대에 「브이(V)」라는 텔레비전 시리즈도 있었어. 권력에 미친 외계인들이 우주선을 타고 세계 곳곳의 도시들에 착륙해 착한 척하다가 괴물의 본성을 드러내지.

나는 안 본 것 같아. 그녀가 말했다. 어쨌든 '승리(victory)'의 V 자, 야호!

'전압(voltage).' 내가 말했다.

'속력(velocity).' 그녀가 말했다.

'바이러스(virus).' 내가 말했다.

'백신(vaccine).' 그녀가 말했다.

'가상(virtual)'의 V 자. 내가 말했다. 이야기 즐거웠어, 비록 가상 환경에서였지만.

아니, 나가지 마. 그녀가 말했다. 잠깐만. '목(neck)'의 V 자.

뭐? 내가 말했다.

'브이넥(V-neck)' 말이야. 그리고 케이팝 스타 뷔(V)도 있지.

누구? 내가 말했다.

뷔. 그녀가 말했다. BTS 멤버야.

어디 멤버? 내가 말했다.

그들은 성 중립적(gender neutral)이야. 그녀가 말했다. 내 아이 중 하나처럼. 우리가 팝 그룹이라고 부르던 그런 사람들인데 노래 한 곡 한 곡으로 세상을 바꾸고 있어. 그렇다고 들었어. 춤이 단연 강해.

우리 나이에 넌 어찌 그런 걸 알아? 내가 말했다.

나야 시대에 맞춰 살지. 그녀가 말했다.

말이 난 김에. 내가 말했다.

나는 차지도 않은 손목시계를 보는 시늉을 했다.

그녀가 고개를 끄덕였다. 우리 사이의 가상 환경 너머로 그녀의 진지한 얼굴이 나를 바라봤다.

고마워, 샌드. '방문객'의 V를 상상해 줘서. 그녀가 말했다.

말했잖아. 내가 말했다. 내 집에 들어온 진짜 사람이었다니까. 진짜 훔치고 진짜 맛이 갔고 진짜 지저분하고 진짜 강한 악취가 나고 진짜 다치고 진짜 진물이 나는 화상이 쇄골에 있었다고.

마티나 잉글리스가 다시 고개를 끄덕였다.

흙이 타는 냄새가 정말 나는 것 같아. 그녀가 말했다.

그거 증상 같은데. 내가 말했다.

소녀가 지금 대장간에서 풀무질을 하는 게 보이고. 소녀가 확실히 눈에 보여.

그 또한 증상이야. 내가 말했다. 검사 받아야겠다.

너 그야말로 뭔가를 풀어냈어. 그녀가 말했다. 나를 위해서만이 아니라 내 안에서 말이야. 날 위해 그래 줄 수 있다니. 오늘 밤에는 제대로 잘 것 같아. 소녀가 자신이 치유자라고 말했다고 했지? 넌 내게 일종의 치유자를 선물해 줬어. 세상에. 이상하게⋯⋯ 입체적인 느낌이야. 어떻게 그런 거야?

잘 살아라. 내가 말했다.

그리고 '나감' 버튼에 커서를 대고 눌렀다. 화면이 내게 다시 물었다. 정말 나가고 싶으냐고.

정말 그러고 싶었다.

내가 일평생 너를 기다려 왔는지도 모른다 싶어. 마티나 잉글리스가 말했다.

안녕. 내가 말했다.

그리고 그녀를 눌러 껐다.

컴퓨터 전원도 껐다.

화면 옆 책상 위에 윌리엄 블레이크의 그림을 출력해 놓은 게 있었다.

그림 속에는 한 아이가 방 안에 서 있고 아이 뒤로는 닫힌 문이 보인다. 그 문은 그림 전체를 차지한다. 중심에서 벗어난 야윈 몸의 아이는 빌거나 기도하듯 양손을 깍지 끼고 있다. 하지만 굴종하지 않는 당당한 아이로 마치 우리 뒤에 무언가 끔찍한(awful) 또는 경외감을 불러일으키는(awe-ful) 것이 있다는 듯, 그림을 보는 사람의 머리를 관통하여 그림 밖을 바라보고 있다.

아이는 아무 말도 없지만 '제발'이라고 말하고 있다.

아이보다 훨씬 더 크고 체중도 더 나가 보이는 개 한 마리가 아이 뒤의 문을 가로질러 앉아 주둥이를 쳐들고 울부짖는 듯하다.

위험한 개일까, 유순한 개일까? 어쩐지 커다란 문풍지 같으니 누가 알겠나. 우리가 아는 것은 개의 커다란 몸집, 그리고 소리 없는 울부짖음이 개와 아이 사이에서 퍼져 나오고 있다는 사실이다.

그 방에서 나갈 수는 없다. 다른 어딘가에서 빛이 스며들어오는데, 이 쐐기 모양의 가닥들 안에서 더 많은 줄기를 문에 비추고 있을 뿐이다.

주인의 문 앞에 굶주림으로 쓰러진 개는 / 한 나라의 멸망을 예고한다.

마티나 잉글리스에게 말하지 않은, 음, 편집 삭제한 부분이 있었다. 소녀가 내 침실의 벽난로 선반으로 다가가 양차 세계대전 사이에 할머니가 울워스에서 산 녹색 옻칠 시계를 집더니 몸에서 떨어뜨려 든 채 내 부츠를 신은 발로 창가로 걸어가서 창밖 포장도로에 내던져 박살을 냈다는 것이었다.

그러자 시계 조각들이, 맹세코 내 눈으로 봤는데, 박살 난 그 형태로 대기 중으로 붕 떠올라, 그야말로 바닥에서 위쪽 창까지 올라와 마치 다시 시계 형체로 붙을 것처럼, 아니, 그보다, 그러기를 염원하듯 서로 자성을 발산하고 있었다.

그리고 실로 그렇게, 옛날 시계가, 갈라진 틈에 유약을 발라 도자기 붙임 처리까지 한 새 시계가 된 것이었다.

소녀는 창밖으로 몸을 내밀어 새-헌 시계로 손을 뻗더니 그것을 방 안으로 갖고 들어와 벽난로 선반 본래 자리에 다시 올려놓았다.

그리고 책장 아래 바닥에 웅크리고 누워 잠들었다. 소녀의 새는 책장의 두어 칸 위, 페이퍼백 책들이 놓인 곳에 앉아 부리를 뒤로 돌려 몸에 묻었고, 아버지의 개는 상점 문 앞에 사는 노숙자들을 지키는 개처럼 머리를 앞발에 얹고 잠들었다.

그렇게 바닥에서 자는 소녀가 편안해 보이지 않아 대신 아래층 소파에서, 여전히 동물들의 호위를 받아 가며, 따뜻한 담요 아래 자는 걸로 상상했던 것이다.

말할 것도 없이 거기에는 소녀도 새도 없었다.

나와 아버지의 개만 있을 따름이었다.

나는 개가 가장 좋아하는, 그러나 비용 탓에 일주일에 두 번꼴로밖에 줄 수 없는 개 비스킷을 그릇에 담아 개의 머리 옆에 내려놓았다. 그리고 얼마나 늦었는지 금이 간 시계를 흘긋 봤다. 이를 닦고 잠자리에 들어 불을 끄고 머리를 베개에 묻은 다음 그 말을 떠올렸다. 브랜드(brand). 완전히 새것인(brand new). 브랜드 충성도(brand loyalty). 브랜드 인식도(brand recognition). 브랜드명(brand name). 선동가(firebrand).

투사 또는 사기꾼에게 낙인 찍은 글자는 F였다.

노예는 S 자였다. 사흘 이상 교구에서 빈둥대는 사람은 누가 됐든 노예로 삼아 얼굴에 S 자를 낙인 찍고 돈도 안 주고 합법적으로 일을 시킬 수 있었다.

신성을 모독한 이는 B 자였다.

도둑은 T 자였다.

선동적 비방자나 기존 질서에 도전하거나 그에 맞서 폭동을 부추기는 사람에게는 SL 자가 찍혔다.

대장간 불구덩이의 선동자는 V 자가 찍힌 채로 열기 속에서 백열처럼 타오르고 있다.

평생토록 낙인이 찍혀.

벼리거나(forge), 잊거나(forget).

표면 대 심층.

누군가를 가리켜 '라이트팀버드(light-timbered)'라고 하면 약골이라는 뜻이에요. 내가 아버지에게 말했다. 흥미롭지 않아요?

병원 공기가 마스크 새로 들어오는 가운데 나는 읽고 있던 단어집 이야기를 아버지에게 해 주고 있었다.

빈민과 범죄자들, 그리고 부랑자들, 다시 말해서 1690년대 사회의 변경으로 밀려나 있던 사람들이 특히 그 단어를 사용했대요. 내가 아버지에게 말한다. 덤(dumb) 또는 덥(dub)은 어떤 자물쇠도 열 수 있는 열쇠였어요. 란스프레사도(lanspresado)는 항상 아무하고나 술을 마시러 나가면서 지갑을 절대 안 갖고 가는 사람을 가리켰어요. (나는 이 소리를 들으며 웃음을 터뜨리는 아버지를 상상했다.) 그게 맘에 드시면 이것들도 그럴 거예요. 로드(lord)는 기형 또는 뒤틀린 사람들을 뜻했어요. 테일텔러(tale-teller)는 순 헛소리로 사람들이 잠들게 도우라고 고용된 하인이었는데, 작가의 다른 말이기도 했대요.

아버지는 해수면 아래 저 깊은 곳에서 요절복통하고 있으리라. 병상에 누운 저 아버지가 아닌, 내 아버지. 문병은 이제 마스크와 장갑을 착용하고 사회적 거리두기를 지키는 조건하에 비(非)바이러스 병동에만 허용되었다. 아버지는 의식과 의식불명 사이 어딘가, 너무 피로하여 부분적으로 다른 어딘가에 있다고, 전담 간호사 비올라가 내게 설명해 줬다. 그래도 내가 여기 와 있는 것을 알 거라고, 그러니까 말을 걸어도 된다고 이야기를 들려드리라고 했다.

달리 무슨 말을 하겠나.

사실 도요새는 우리에게 알려진 가장 오래된 영시들 중 하나에 나와요. 내가 희망을 향해 말했다. 예를 들어 천 년 전, 영문자로 쓰인 가장 최초의 시 중 하나에 도요새일 수 있는 구절이 두엇 나오거든요. 아주 오래 배를 타고 바다에 나가 있는 어떤 사람에 대한 시인데, 우리의 고독과 우리의 생존에 대한 일종의 기도예요. 계절들이 자꾸 지나가요. 아니, 시의 화자가 바다와 바다 생활 말고는 벗도 없이 계절들을 지나가는 거죠. 그런데요, 아버지, 이거야말로 내 마음에 드는 건데, 사실 시의 화자는 전혀 혼자가 아니에요. 왜냐하면 내가, 아니 만약 아버지가 읽고 있는 거라면, 아버지가 시를 읽거나 듣고 있으니까요. 누군가 또는 무언가와의 말 없는 대화 역시 대화잖아요.

게다가, 정말이지, 굉장하지 않아요? 이렇게 한참 미래에서 우리가 아직 그 시를 읽는다니 말예요. 쓰인 지 천 년도 더 된 시에 대해 제가 이렇게 여기 앉아 아버지에게 말하고 있다는 게 말예요. 누가 그 시를 읽을 때마다 화자가 고독하지 않다는 사실을 생각하면 순전한 경이감으로 가슴이 차올라요. 어쨌든 외로운 바다 한가운데 저 깊은 곳에 뱃사람은 말하고 있어요. 부비새의 노래와 도요새의 울음소리가 인간의 웃음소리를, 달리 말하면 사람들이 다른 사람들과 어울릴 때 내는 행복한 소리를 대체했다고 말이에요. 삑삑대는 소리 주변의 침묵을 향해 마스크 사이로 내가 말했다.

바다에 있는 내 아버지.

아니, 바다에 있는 건 나였을까.

바다 공기에는 즐거움과 슬픔이 동시에 존재해요. 내가 말했다. 즐거움과 슬픔은 자연스러운 여행의 동반자니까요. 그리고 이 사람은 어쩌면 항상, 다른 사람들과 함께 있거나 바다 근처가 아닐 때조차, 궁지에 몰린 데다 어딘가 격리되었다는 느낌을 갖고 있었어요.

나는 병원 공기 속에서 까무룩 지쳐 가며 내뱉은 말과 함께 앉아 있었다.

삑. 삑.

방문객의 V 자.

아버지는 내가 들어갈 수 없는, 칠흑 같은 창문 속

어느 공간에 가 있었다.

아니, 어쩌면 어두운 공간에 있는 것은 나였고 아버지는 어느 밝은 곳에 있었던 건지도 모른다.

하지만 우리는 그 어느 때보다 근사한 대화를 나누고 있지 않은가, 하하!

의식이 돌아온 뒤 내가 늘어놓는 이 온갖 말들을 아버지가 어쩔 수 없이 듣고 있어야 했었다고 알려 주면 아버지도 웃겠지?

넌 이제 나를 뛰어넘었다.

학교 다니는 내게 아버지가 말했다.

넌 이제 나를 한참 뛰어넘었다.

대학 다니는 내게 아버지가 말했다.

가슴이 아팠고, 아프다.

이제 나는 아버지가 누워 있는 저장실 문에서 적절한 거리를 유지하고 앉아 있었다.

사람들은 도요새를 지방 철새라 불러요. 내가 말했다. 우리 나라를 떠나는 새들도 있고 그냥 철 따라 영국 주위를 돌아다니는 새들도 있는데요. 누메니우스 아르쿠아타(Numenius arquata). 속명(屬名)이 그리스에서 온 거면 부리가 초승달이나 궁수의 활처럼 굽었다는 사실과 관련이 있을 거고, 라틴어에서 온 거면 도요새가 신령스러워서, 즉 신성한 존재의 신호와 같아서, 이 새를 보는 것은 신이 무심코 우리에게 고개를 끄덕여 주는 것과 비슷하다는 뜻일 거예요. 새 중에 가장 야성이 강해 길들이기가 절대 불가능하다고 알려져 있어요. 새를 아끼는 사람들은 지금부터 8년쯤 후에 영국에서 멸종할 거라고 보고 있어요. 도요새 수명의 삼분의 일도 못 되는 시간이에요.

도요새의 통행금지인 셈이죠.

비올라가 면회 시간이 끝났음을 알리러 왔다.

그녀는 내게 걱정되거나 변동 상황을 알고 싶으면 밤이든 낮이든 아무 때나 자기 휴대전화로 전화하라고, 자신도 무슨 일이 있으면 바로 전화하겠노라고 다시 말했다.

나 역시 그녀에게 얼마나 고마운지 모르겠다고, 할 수만 있다면 끌어안고 싶다고 다시 말했다.

곧 그렇게 되겠죠. 말하는 그녀의 눈은 웃고 있지만 몹시 지쳐 보였다.

나는 계단을 내려가서 밖으로 나갔다. 그리고 주차장에 세워진 차로 걸어갔다. 차 안에 들어가지는 않고 대신 주차장 둘레에 쳐진 낮은 담장 쪽으로 갔다. 지난 한 해 동안 하도 많은 사람들이 병원 안으로 못 들어가고 거기 앉아 있었던 탓에, 나 같은 이들이 안전거리를 유지한 채 우리의 사람들이 있는 건물을 올려다보며 거기 앉아 있었던 탓에, 파형 철판의 여기저기가 파여 있었다.

버스를 운전해요.

식당에서 일해요.

책 디자이너예요

교사예요.

길거리에서 걸렸어요.

형한테서 옮았어요.

어디서 걸렸는지 어떻게 알겠어요. 격리 중이었다가 이제 다시 나가도 안전하다는 통지가 내려와서 나갔거든요.

자꾸 졸도를 해서 병원에 들렀다가 걸렸어요.

마라톤도 뛰고 건강에 관심이 무척 많죠. 결코 아픈 적이 없었어요.

간호사예요. 감사카드가 하도 많이 와 우편함이 닫히지

않아요.

정원에 달리아를 그득 심는데 너무 고와서 해마다 상을 타요.

그때 딱 한 번 외식했던 거예요.

매일 그의 집에 가서 변기 물을 내려요. 하수도를 타고 쥐들이 올라올까 무서워서요.

정말 멋진 시간이었어요. 아주 즐겁게 술에 취해서 부두의 식당들을 모두 지나쳐 등대 있는 곳까지 갔어요. 그리고 길바닥에 누워 배를 움켜잡고 미친 듯 웃었어요. 사람들도 자꾸만 우리 옆을 지나가며 우리를 따라 함께 웃었죠.

나는 회복했는데 그이는 아니에요.

나의 엄마. 나의 언니. 나의 아버지. 나의 남동생. 나의 연인. 나의 파트너. 나의 친구.

나는 고개를 끄덕였다.

그리고 그들과 함께 건물을 올려다보며 이런 말들을 했다.

우리뿐만이 아니에요.

그리고

그쪽뿐만이 아니에요.

포장도로 틈새의 풀잎과 버스 정류장 옆의 금 간 아스팔트를 뚫고 올라오는 어떤, 모르는, 식물의 잔가지를 나는 알았다.

그 버스 정류장 옆에서 자라는 잡초들은 질겼다.

진짜 대 가짜.

아버지의 개가 짖기 시작했다. 바깥에서 누가 소리를 지르고 있기 때문이었다. 나는 작업실에서 나와 집 안으로 들어가 현관으로 향했다. 그리고 창밖을 내다봤다.

펠프 쌍둥이 자매 중 하나였다.

"이 집에 가정파괴범이 삽니다!" 하고 쌍둥이가 외치고 있었다.

내가 문을 열었다. 틀림없이 '셀린' 쌍둥이겠거니 싶었다. 과연 이든이 맞았다.

뭐 하는 거야? 내가 말했다.

아줌마 가까이에 사는 불행한 사람들에게 아줌마의 정체를 말해 주고 있어요. 그녀가 말했다.

그리고 다시 거리로 돌아가 외쳤다.

"여기 사는 사람은 유행병을 방탕의 핑계로 삼는, 이른바 깨어 있다는 착각에 빠진 타락한 인간이랍니다!"

길 건너 이웃 사람 몇몇이 집 밖에 나와 모여 있었다. 스티브와 카를로, 마리와 자하라나, 매디슨과 애슐리가 보였다. 나는 그들에게 손을 흔들었다. 그들도 나에게 손을 흔들었다.

괜찮아요, 샌드? 자하라나가 외쳤다.

아직은요. 내가 말했다.

그리고 나도 덩달아서 외쳤다.

"내 집 밖에서 소리를 지르는 이 사람은 피티킨스(pittikins)랍니다!"

지금 날 뭐라고 불렀어요? 이든 펠프가 말했다.

"이 여자는 비둘기(culver)예요!" 내가 소리쳤다. "심장의 뿌리(heart's root)고, 수정 단추(crystal button)예요!"

그런 이상한 이름으로 부르지 마요! 그녀가 말했다.

그리고 울음을 터뜨렸다.

피티킨이 대체 뭐예요? 그녀가 물었다. 어떻게 감히 내가 가련하다는 거예요?

이봐. 차 한잔할래? 내가 말했다. 여기서 기다려. 가지고 나올게.

“아줌마가 죽었으면 좋겠어요!” 그녀가 울며 소리 질렀다.

이제 흐느끼고 있었다.

우리 엄마를 대체 어떻게 한 거예요? 그녀가 흐느끼며 말했다.

엄마가 아직도 행방불명이야? 내가 말했다.

아니에요. 이든이 말했다. 집에 계세요. 하지만 그게…… 그게, 집에 있어도 우리가 아는 엄마가 이제는 아니에요.

발걸음을 옮기려는데 그녀가 울며 내게 몸을 내던지고는 나를 붙들었다.

아, 맙소사. 내가 말했다. 아, 안 돼.

나는 팔을 뻗어 거리를 확보했다.

정말이지 앉아야겠어요. 그녀가 말했다. 쓰러질 것 같아요.

나는 앞쪽 창문을 활짝 열어젖히고 거실에 그녀를 앉힌 다음 손을 씻으러 갔다. 돌아와서 문 앞에 서자 그녀가 책장을 둘러보고 있었다.

책이 무척 많네요. 그녀가 말했다.

예전보다는 훨씬 적어. 내가 말했다. 조금씩 줄여 가고 있거든.

왜요? 그녀가 말했다.

나이가 드니까. 내가 말했다.

이상한 말이군요. 그녀가 말했다.

고맙네. 내가 말했다.

WFH 하세요? 그녀가 말했다. 나는 그런데요.

모르겠는데. 나도 그런가? 내가 말했다.

재택근무(work from home) 하느냐고요. 그녀가 말했다.

아. 그래. 내가 말했다. 정원 작업실에서.

아니, 저 낡은 헛간 말이에요? 그녀가 말했다.

저 낡은 헛간. 내가 말했다.

뭘 하는데요? 그녀가 말했다.

나 화가(painter)야. 내가 말했다.

그럼 실내장식가(decorator)예요?

아니. 내가 말했다. 다른 종류야.

일자리에서 임시휴직 됐어요? 그녀가 말했다.

아니. 내가 말했다. 비상용 배급식량을 타고 있어.

나도 처음엔 그랬어요. 그녀가 말했다. 그러다가 작년에 큰 계약이 들어와서 관리부에서 난리가 났죠. 규모를 세워야 되는데 어떻게 해야 할지 몰라 계속 실수 연발이었어요.

그렇군. 차는 어떻게 마셔? 내가 말했다.

차 필요 없어요. 그녀가 말했다. 아무것도 필요 없어요. 하나같이 맛이 없어요.

아. 내가 말했다. 큰일이군.

뭔가가 썩은 것 같고요. 그녀가 말했다. 코 안쪽이 타는 느낌에 냄새도 나서 전부 똑같은 맛이 나요. 두 달 됐어요. 다시는 아무것도 먹고 싶지 않을 정도예요.

아픈 지가 그렇게 오래됐다고? 내가 말했다.

아픈 게 아니에요. 그녀가 말했다. 나는 아프지 않아요. 어느 날 무슨 이유인지 전처럼 맛을 느낄 수 없게 돼버렸어요. 이제 매운 것처럼 풍미 가득한 음식조차 맛을 못 느끼니 하물며 빵 같은 것은 말 다했죠.

나을 거야. 내가 말했다. 시간이 지나면 낫는 모양이야. 미각과 후각, 그런 것들 말이야.

안 나으면 어쩌죠? 그녀가 말했다.

한동안 그런 가능성을 안고 살아야겠지. 내가 대답했다.

그녀의 얼굴이 절망으로 일그러졌다.

지긋지긋해요. 그녀가 말했다. 전처럼 맛을 느낄 수 있으면 좋겠어요. 모든 게 전처럼 돌아가면 좋겠다고요.

나는 방 반대편에 가장 멀리 떨어진 의자의 팔걸이에 앉았다.

내가 맛을 못 느끼는 것에 대해 뭔가 농담을 하려는 거죠? 리처럼 말이에요. 그녀가 말했다.

우리 모두가 엄청난 부담을 지고 살고 있는 것 같아. 내가 말했다. 거친 감정들이 아주 많이 떠돌고 있는 것 같고. 너무 많은 사람들이 병에 걸렸기 때문만이 아니라, 그냥 전보다 절망이랄까 심지어 분노가 훨씬 많이 팽배해 있다는 생각이 들어.

FYI* 나는 화난 게 아니에요. 옷소매에 눈물을 닦으며 그녀가 말했다.

---

* '참고로 말하자면(For your information)'이라는 뜻.

화난 말투다.

지난 오 년간 우리는 스펀지처럼 분노를 빨아들이며 살아왔어. 내가 말했다. 누가 내 집 밖에서 소리소리 지른 게 이번이 처음이 아니거든.

아줌마가 그 집안도 박살 냈나 보네요? 그녀가 말했다.

BC, 그러니까 코로나가 나타나기(Before Covid) 두어 해 전 어느 날, 난 지금 그쪽이 앉아 있는 의자에 앉아서 책을 읽고 있었어. 내가 말했다. 내가 모르는, 이후 다시는 못 본 어떤 여자와 남자가 밖에서 고함을 치기 시작했어. 일 분쯤 후에야 깨달았어. 그들이 내 거실 창문을 향해 소리를 지르고 있다는 걸. 나를 향해 말이야. 그래서 창문을 열고 무슨 일인지 물었어. 여자가 말하기를 내 거실이 자기를 몹시 화나게 했다는 거야. 남자도 나서서 나더러 게을러 빠졌다고 하고. 도무지 무슨 소리들인지 알 수 없었어. 그러다 그들이 내 책들에 분노하고 있다는 걸 깨달았어.

아줌마 책들한테 소리를 질렀다고요? 이든 펠프가 말했다.

어이없는 일이지. 내가 말했다. 어렸을 때 나는 책으로 채우는 거야말로 방에게 해 줄 수 있는 가장 근사한 일이라고 생각했거든.

그 사람들에게 뭐라고 했어요? 그녀가 말했다.

책은 중요하다고 생각한다고 그랬지. 내가 말했다.

왜요? 이든 펠프가 말했다.

글쎄. 내가 말했다. 뭐, 내 생각이 정말로 그러니까. 그랬더니 그 사람들이 나더러 밥벌레에 쓸모없는 인간(a waste of space)이라는 거야. 공간(space) 낭비는 없다고 하자 남자는 입 닥치라고 하고, 여자는 자꾸 말대답으로 남자의 화를 돋우지 말래. 그러더니 가 버리더라. 그래서 나도 다시 책으로 돌아갔지.

그게 아니라, 책이 왜 중요하냐고요? 그녀가 질문했다.

즐거움을 준다는 것 외에? 내가 말했다. 왜냐면, 음, 책이란 우리 자신을 다르게 상상할 수 있는 한 가지 길이니까.

왜 그러고 싶은 건데요? 이든이 물었다.

왜 안 그러고 싶은 건데? 내가 대답했다.

우리 엄마한테도 그렇게 한 거예요? 그녀가 대답했다.

나 참. 내가 말했다.

이든은 이제 무슨 단서를 찾으려는 듯, 방 안을 둘러보고 있었다. 천장을 올려다보고 뒷마당으로 이어지는 문을 바라보며 혹시나 내가 집 안 어디에 여러 사람들의 엄마들을 감금하고 있는 건 아닌지 더듬어 보는 모양이었다. 그런데 그러더니……

앗! 그녀가 말했다.

그리고 바로 옆 책장에서 책을 한 권 집어 들었다.

코팅리 요정! 그녀가 말했다. 코팅리 요정을 어떻게 알아요?

백 년 묵은 가짜 뉴스지. 내가 말했다.

믿기지 않아요. 그녀가 말했다.

그리고 다시 앉아 책을 휙휙 넘겨 봤다.

정말 좋아하는 거예요. 그녀가 말했다. 이것에 관한 프로젝트를 한 적이 있어요. 보고서 말이에요. 전쟁의 여파와 밀접하게 관련되어 있었죠. 많은 사람들이 죽은 상황에서 사람들은 요정이 사실이라고 믿고 싶었던 거거든요. 잊어버린 지 여러 해네요.

그녀가 책을 무릎 위에 내려놓았다.

놀라운 것은요. 그녀가 말했다. 아무도 그게 가짜라는 걸 오랫동안 입증하지 못했다는 거예요. 셜록 홈스를 쓴 사람을 포함해서요. 텔레비전 시리즈 말고 책이요. 그 사람이 말하길 이 사진을 보면서 영국인들이 흙탕길에서 벗어났다고 했죠. 뭐, 그 사람은 그게 가짜가 아니길 바랐어요. 유령이랑 뭐 그런 헛소리들을 믿었죠.

그녀가 다시 책을 펼쳤다.

사진들 속 요정들이 굉장히 현대적인, 당시로서는 말이죠, 헤어스타일인 게 멋져요, 여기 보세요……

그녀가 책을 활짝 펼쳐서 내 쪽을 향해 들어 올렸다.

……그리고 이 사진 속에서는 소녀가 바라보는 요정이, 그게 어느 소녀였는지 기억이 안 나는데, 에밀리인가 그랬는데, 소녀에게 꽃을 주는데 그게 너무 사실적이에요, 그 전부가요, 정말 교묘했어요. 어느 여름 할 일이 없어 심심한 꼬마들에게 온 세상이 속아 넘어간 거예요. 아줌마는 요정에 대한 책을 갖고 있을 것 같아요. 어렸을 적에, 지금 아멜리 나이쯤 됐을 때요, 나는 그걸 다 믿었

어요. 이 사진들 속의 요정들뿐 아니라 요정들 전체를 말이에요. 산들바람에 덤불이 바스락대면 요정들이 이야기를 나누는 소리일 거라 생각했어요. 그러면서도 물론 사실은 그렇지 않다는 걸 알았죠. 보고서 쓰는 일도 정말 즐거웠어요. 학교에서 미술로……

그녀가 너무 활짝 펼치는 바람에 책등이 부러지며 책이 두 동강 났다.

어머나. 아유. 정말 죄송해요.

괜찮아. 내가 말했다. 정말 괜찮으니까 걱정하지 마.

당황스러워요. 책을 망가뜨려 놨어요. 교체해 드릴게요. 그녀가 말했다.

안 그래도 돼. 내가 말했다. 아니, 원한다면 그냥 가져. 두 쪽 다. 또 읽을 필요는 없으니까.

그녀가 나를 노려보았다.

나더러 가지라고요?

그래. 내가 말했다.

그럴 수는 없죠. 그녀가 말했다.

원하는 대로 해. 내가 말했다. 가져가고 싶다면. 아니면 재활용 쓰레기 신세가 되겠지.

그녀가 다시 울기 시작했다.

죄송해요. 그녀가 말했다. 요정들이, 설령 아무리 사실이 아니라도, 재활용 쓰레기라니요. 그리고 백 년 전 그 소녀들도요. 한때는 진짜 살아 있는 소녀들이었잖아요. 그런데 재활용 쓰레기라니요.

그녀가 셀린 가방에 손을 넣어 전화기와 티슈 한 줌을 동시에 꺼냈다.

아, 안 돼. 아, 뭐지? 정말 이상하네. 그녀가 말했다.

그리고 전화기를 보며 손가락으로 화면을 쓸어 넘겼다.

죽었어요. 그녀가 말했다.

그리고 전화기 버튼을 눌렀다. 반응이 없다. 다시 눌렀다.

이상하네. 완전히 죽었어요. 그녀가 말했다. 보세요. 뭐가 문제일까요?

그녀의 온몸이 공포에 휩싸였다.

배터리가 나갔네. 내가 말했다.

오늘 아침에 충전했어요. 그녀가 말했다. 이러면 안 되는데. 절대 이러면 안 되는데. 이럴 수는 없어요. 뭔가 잘못된 거야. 완전 잘못된 거라고요.

그러면서 전화기를 흔들었다. 그리고 또 버튼을 눌렀다.

아, 맙소사. 그녀가 말했다. 아, 이런.

다시 켜지고 있는 중일 수도 있겠네. 내가 말했다.

켜지지가 않아요. 그녀가 말했다. 켤 수가 없다고요.

그리고 뭔가를 또 눌렀다. 전화기를 흔들어 댔다. 다시 눌렀다.

내가 해 볼게. 내가 말했다.

나는 방을 가로질러 다가가서 손을 최대한 멀리 뻗었다. 전화기를 건네받아 버튼을 누른 채로 열다섯까지 셌다. 전화기 불이 들어왔다.

말도 안 돼! 그녀가 말했다. 어떻게 한 거예요? 아, 천만다행이에요.

또 그러면 그냥 이 버튼을 좀 더 오래 눌러 봐. 내가 말했다.

그녀가 부러진 책을 가방에 넣고 일어섰다.

GTG. 그녀가 말했다. 가야 된다(Got to go), 그런 뜻이에요.

그렇다고 해 두자. 내가 말했다.

GTR. 그녀가 말했다. 서둘러 가야 된다(Got to run), 이건 그런 뜻이고요.

현관문 앞에서 그녀가 돌아섰다.

고마워요. 전화기 고쳐 줘서요. 그녀가 말했다.

내가 한 게 아니야. 내가 말했다. 요정들 덕분이지.

그녀가 놀란 얼굴이었다가 활짝 웃었다.

길 아래로 내려가 차에 올라서 문을 닫고 출발해 사라지는 그녀를 나는 지켜보았다. 그리고 문을 닫고 손을 소독한 다음 목욕을 하러 갔다.

비극 대 소극.

나는 딜런 토머스 시 작업을 멈추고 창가에 앉아 쉬고 있었다.

유행병이 덮친 후부터 줄곧 물감을 덧칠해 왔던 시다. 먼저 흰색, 그다음에는 초록색, 그다음에는 금색, 그리고 다시 흰색, 그다음에는 빨간색, 지금 마지막이 초록색이었다. 공교롭게도 여러 달 전에 단어 도요새들

(curlews)과 도요새(curlew)에 덧칠해 놨는데, 그것들은 근래의 수년간 또는 이 시 전에는 생각도 안 해 봤던 말들이었다.

딜런 토머스는 이 시에서 이 세상을 살았고 죽어서 재로 돌아간 모든 사람들과, 아직 살아 있지만 때가 되면 죽을 우리들과, 우리 이후에 살고 죽을 모든 사람들 속에 존재하는 모든 욕망과 동경을 불러낸다. 그리고 그 동경을 어둠 속에서 결코 사위지 않고 타오를 불로 상상하며 시 전체를 통해 도요새의 심상을 창공으로 던져 올린다.

첫 낱말부터 차례차례 작업해 왔고 이제 끝에서 두 번째 낱말 '불(fires)'을 하고 있었다. 그걸 마치면 '아직(still)' 한 낱말만 남는다. 이 마지막 두 낱말은 그대로 초록색일 텐데, 내가 초록색의 불이란 관념에 대해, 그 마지막 두 낱말이 만나면 무슨 일이 일어날지 생각하고 있을 때, 내 머리 옆 책장의 어느 책등에서 '주홍색(scarlet)'이란 글자가 환하게 빛났다.

무슨 책이지?

『주홍 글자(The Scarlet Letter)』다.

나는 그 책을 책장에서 꺼냈다.

나만큼이나 해묵은 페이퍼백이었지만 아직 새 것 같았다. 나도, 아무도, 아직 읽지 않았다. 사십 년도 더 전에 토요일 벼룩시장 중고 책 가판대에서 산 건데 이후 내가 살았던 모든 곳의 책장에 꽂아만 뒀다.

나는 책을 펼쳤다.

안쪽 표지에 10p라는 연필 글씨가 적혀 있었고 바로 아래 붉은 볼펜으로 누가 이렇게 써 놓았다.

흠모하는 당신께, 너새니얼 호손이.

물론 농담이었다.

어쨌든 전혀 안 읽힌 채로 중고 책 가판대에 나앉은 걸 보면 누가 누구에게 이 책을 주었든 이 농담을 알아듣지 못했거나 싫어했거나 원하지 않았던 것이리라.

조금 아는 이야기였다. 고전 소설이니 당연했다. 어쩌면 그래서 안 읽었는지도 모른다. 이미 아는 이야기라는 생각에.

다음번에는 시 대신 소설을 그리는 게 어떨까?

이 소설만큼 긴 걸 다 그리고 나면 비극과 소극을 다 거쳐 어떻게든 펼쳐질 우리 시대의 다음 시기에 이미 접어들어 있을지 모른다.

첫 페이지.

한 무리의 수염 난 남자들이 슬픈 색 옷을 입고 뾰족한 챙이 달린 회색빛 모자를 쓰고서 두건을 쓴 여자들이나 맨머리를 드러낸 여자들과 뒤섞여 어느 목조 건물 앞에 모여 있었다. 그 건물의 문은 참나무로 육중하게 만들어졌으며 긴 쇠못이 줄줄이 박혀 있었다.

슬픈 색. 교회용 복장. 남자들과 여자들, 일부는 맨머리라니, 그렇다면, 뭔가 불미스러운 일이 일어나고 있는 것. 육중한 문. 쇠못.

나는 지면을 훑어 읽어 내렸다.

유토피아. 공동묘지. 감옥.

페이지를 넘겼다.

장미 덤불. 역사.

"꽃 한 송이를 꺾어 독자에게 바친다."

아, 이거 좋다.

첫 낱말에서 끝으로 내려갈까, 아니면 끝 낱말에서 처음으로 올라갈까?

시작부터 끝으로 문자를 기름으로 옮기면 중량감이 있으며 물리적으로 결정적이고 흡족해할 수 있다. 그런가 하면 지나치게 확고하고 폐쇄적이며 완결적으로 느껴질 수도 있다. 끝에서 시작으로 옮기면 돌연하고 불안하게 느껴질 수 있다. 하지만 완성된 작품은 눈으로 만나는 완결된 표면이 시작이지 끝이 아님을 알기에 자유로울 수 있다. 다만 그 과정에서 얼마간 고속도로를 광란의 속력으로 달리는데도 다른 차들이 전부 추월하는 기분이 든다.

어느 쪽이건 여러 겹을 쌓는 작업이다.

다차원적인 뭔가가 일어난다. 낱말들 자체, 그것들의 물리적 실현, 그리고 우리가 책이라 부르는 물리적 물체 사이에 일어나는 일과 약간 비슷하다.

나는 마지막 페이지를 찾아봤다.

이제 완결된 우리의 전설. 너무도 침울하고, 그림자보다 음울한 항상 빛나는 빛의 한 점에 의해서만 경감될 수 있으리. '검은(sable) 바탕 위에, 주홍(gules) 글자 A.'

주홍.

문장(紋章)의 붉은색을 가리키는 이 단어는 셰익스피어가 피 또는 피의 색깔을 표현하기 위해 쓴다. 『햄릿』에서는 먼저 트로이 목마 안의 어둠에 숨은, 이어서 자신이 살해한 가족들의 피로 뒤덮인 채 밖에 선 전사를 묘사할 때 '검은'과 함께 쓴다. 전사의 이름은 피루스(Pyrrhus)다. 너무 많은 희생을 치르고 얻은 승리를 가리키는 '피루스의 승리(pyrrhic victory)'에서의 피루스.

만일 책의 끝에서 시작한다면, 그러면, 장밋빛 색 위에다 슬픈 색을 덧칠할 것이다. (본질적으로 슬픈 색이란 없으니 대체 슬픈 색이 뭘 뜻하는지부터 결정해야 하리라.) 반대로 책의 처음부터 시작한다면 문장의 핏빛 붉은색으로 칠할 것이다.

피루스라는 이름 또한 빨강을, 특히나 타오르는 불의 빨강을 뜻한다는 게 내 상상일 뿐인지 전화기로 검색을 해 보려는 찰나……

똑똑.

현관문이었다.

개가, 짖었다.

펠프 쌍둥이 중 하나가 현관 매트 위에 서 있었다.

결의에 찬 얼굴. 리였다. 발 옆에 꽤 큰 여행 가방이 놓여 있었다.

어디 좋은 데 가나? 내가 말했다.

달리 갈 데가 없었어요. 리가 말했다.

봉쇄 상황이니까. 어렵지. 내가 말했다. 안됐지만 그래도 해외로 나갈 길이 있을걸. 아니면 뭐라더라? 스테이케이션(staycation)도 있고.

그게 아니라 저는 집이 없어요. 쫓겨났어요.

누구한테서? 내가 물었다.

리가 나를 향해서 이맛살을 찌푸렸다.

글쎄 제가 제대로 된 딸이 아니라는 거예요. 그 사람(they)이 말했다. 자신이 원한 아들은 물론 상속자도 결코 되지 못할 거라고. 그 밖에 갖가지 상투어들까지. 뭐, 맞는 말이지만요.

이미 쫓겨났다고 하지 않았어? 내가 말했다.

차고 위 작업실에서 지냈어요. 추방된 거죠. 제정신을 차리라고요. 그런데 그렇게 안 되자 이제 차고에서까지 추방시키겠다 이거예요. 아우디가 훼손된다고요.

아, 어쩌니. 내가 말했다. 엄마는 이 상황에서 어떤 입장인 건데? 엄마 생각은 어때?

아줌마랑 여기 있는 거 아네요? 리가 말했다.

아니야. 내가 말했다.

아. 리가 말했다.

불편한 정적.

리 펠프는 아무 말 없이 서 있었다.

그러다……

이든이 그러는데 여기 왔을 때 아줌마가 굉장히 잘 해 주셨다고.

그래, 여기 왔었지. 내가 말했다.

리가 한쪽 발에서 다른 쪽 발로 무게중심을 옮겼다.

달리 어디로 갈지 모르겠어요.

친구들이 있겠지. 내가 말했다.

복잡하게 얽히지 않은 친구는 없어요. 리가 말했다.

직장 동료들은? 내가 말했다. 돈도 있을 테고. 직장이 그 대단한 IT IG인데.

그런 동료는 없어요. 집에서 일하잖아요. 뭐, 전에는 말예요. 그러다 차고에서 일을 한 거고. 사실 전 무슨 굉장한 게 아니고 그냥 모니터일 뿐이에요. 하급 모니터라서 월급도 얼마 안 돼요.

그러면 법률 교육을 받았겠네. 내가 말했다.

아니에요. 그냥 지켜봐야 할 사안 목록을 우리에게

보내요. 목록에 있는 걸 발견하면 그걸 변호사들과 그들의 모니터들에게 보내죠. 지금 사실 그 일을 하고 있어야 하는데. 일당을 채워야 하거든요.

일당?

일일 할당량.

리가 추운 듯 팔짱을 꼈다.

코트는 어디 있어? 내가 말했다.

집에요. 차고에 있어요. 리가 말했다. 그냥 곧장 기차를 타고 여기로 온 거예요.

어디 앉아서 일할 따뜻한 곳들이 있을 텐데. 내가 말했다. 도서관은 어떨까? 아, 아니지.

도서관이 이제는 고급 아파트가 됐다는 사실을 깜빡했다.

사실 친구 하나가 예전 열람실에서 일해요. 리가 말했다. 굉장한 건축물이죠. 아치형 천장에다.

거 봐. 거기 가면 되겠네. 내가 말했다.

뭐, 친구라기보다는 상사예요. 잘은 몰라요. 맙소사, 내가 일할 장소가 없다는 걸 직장에서 안다면. 지금 이 순간 내 할당량을 확인하고 있을 거예요. 기계들이 우리를, 매처럼 감시한다고 하려고 했는데요, 사실은 그보다도 악랄하니까, 기계처럼 감시한다고 해 두죠. 뭘 얼마나 많이 했는지 이십 분마다 한 번씩 보고가 들어가요. 그렇게 매일 채점이 된다고요.

카페도 있지. 내가 말했다. 따뜻하고 좋잖아. 야외 난로도 있고. 호텔 라운지들도 무료 와이파이에 꽤나 화려하잖아. 호텔 라운지에는 이제 사람들 들어갈 수 있게 됐지?

아줌마는 참 멋있어요. 마치 여신처럼. 리가 말했다.

내가, 뭐라고? 내가 말했다.

아줌마는 제대로 이해하는 것 같아요. 리가 말했다.

리의 얼굴이 붉게 달아올랐다.

음. 내가 말했다. 여기는 못 있어. 아니 들어올 수도 없어.

이든은 친절하게 들여보내 주셨으면서. 리가 말했다.

어쩔 수가 없었지. 내가 말했다. 감정 상태 때문에.

샌디 아줌마, 참 멋있어요. 나의 감정 상태를 놓고 우리 아버지에게 맞장을 떠 주시고. 아버지에게 전화로 분명하게 말씀하셨어요. 주눅도 안 들고요. 최고였어요.

아줌마가 할 말을 하자 아버지는 듣고 있을 수밖에 없었죠. 아줌마는 기폭제예요. 아줌마는 아바타예요. 아줌마는 우리 엄마를 살아 있는 인간으로 변화시켜 줬어요. 여태 죽은 사람이었는데. 아줌마는 우리 가족에게 지금껏 필요했던 사람이에요. 정말로 놀라워요.

그만. 내가 말했다. 리, 그만하라니까.

제가 쫓겨난 것도 아줌마 때문인 것 같아요. 리가 말했다.

조종 화법 쓰지 마. 내가 말했다. 거기 넘어가기엔 내가 좀 지혜롭거든.

아줌마는 정말로 지혜로워요. 리가 말했다. 아줌마처럼 지혜로운 사람은 한 번도 못 만나 본 것 같아요.

나랑 이십 분도 안 있어 봐 놓고. 내가 말했다.

그런 건 단번에 알 수 있잖아요. 리가 말했다.

말도 안 되는 소리. 내가 말했다.

그런데 전화기를 들여다보던 리의 얼굴이 새하얗게 질렸다.

아, 맙소사. 그들(they)이 말했다.

회사예요. 말했잖아요. 할당량 미달로 벌써 두 번이

나 걸린 거예요. 아, 안 돼.

리가 문간에 주저앉아 여행 가방 지퍼를 열더니 노트북을 꺼냈다.

먼저 로그인 해서 슬쩍 할당량을 채워 넣을게요. 그들이 말했다.

비가 내리기 시작했다. 리는 가방에서 흰 셔츠를 꺼내 노트북과 머리 둘레에 걸쳤다.

빗줄기가 아주, 아주 세차졌다. 톡, 톡, 톡. 이제 셔츠도 비에 완전히 젖어 투명해졌다. 그 아래 리가 다 보였다.

봐. 내가 말했다. 이렇게 복도에서도 할 수 있네. 여기 말이야. 거기 앉아서. 가까이 오지 말고. 저기쯤에서. 계단에서. 아니, 문은 열어 놔.

고마워요. 그들이 말했다. 믿을 수 없이 친절하세요. 지금 얼마나 중압감에 시달리고 계신지 잘 알아요, 샌드 아줌마. 정말이지 진짜배기세요. 헤어드라이어 있어요?

아니. 음, 있어. 내가 말했다. 하지만 쓰게 해 줄 순 없어.

리는 낡은 마룻바닥에 빗방울을 떨어뜨리며 젖은

셔츠를 난간 위에 걸고는 셋째 층계에 앉아 키보드를 두드렸다. 나는 마스크를 쓰고 주방 문 옆의 복도로 돌아가 앉았다. 차가운 봄 공기가 집 안으로 스며들면서 경계심을 일깨웠다.

이십 분이 지났다.

나는 전화기를 확인했다.

병원에서 온 연락은 없었다.

비올라의 연락도 없었다.

비가 집 안으로까지 떨어지며 문가의 바닥이 짙게 물들었다.

나는 다시 전화기를 확인했다.

병원에서 온 연락은 없었다.

비올라의 연락도 없었다.

저기요. 리가 키보드를 두드리며 말했다. 아줌마도 웹사이트가 꼭 있어야 해요.

난 웹사이트를 원치 않아. 내가 말했다.

아줌마에 대한, 아줌마의 그림에 대한 것들이, 그 미술 이야기가 인터넷에 돌고 있어요. 글자 위에 글자를 색칠한다면서요. 그거 멋져요. 그림들도 상당히 근사하고요. 약간 삼차원적이랄까. 클럽 샌드위치처럼요.

거 봐. 이미 나에 대해서 필요 이상의 정보가 인터넷에 있는 거잖아. 내가 말했다.

하지만 활용하고 있지 않으니까요. 리가 말했다. 인플루언서 두엇을 연결해 드릴 수 있어요. 돈이 들지만 그건 잘 쓴 돈이죠.

그냥 궁금해서 그런데, 리. 내가 말했다. 자기처럼 어디서 찾으면 될지 안다면 사람들에 대해서 인터넷에서 어떤 걸 찾을 수 있어?

아, 정말, 뭐든지요. 리가 말했다. 전부 다요.

어떤 걸? 내가 말했다.

뭐가 필요한데요? 리가 말했다. 직장 주소? 집 주소? 웹메일 주소? 병력? 여권 따위. 자녀 수. 교육 수준. 자녀들의 교육 수준. 어떤 통화로든 연간 세전 소득. 신용카드 구매 내역, 경제 및 생활 양식상 어느 범주에 속하는지. 취미. 관심. 투표 성향. 종교 및 정치적 성향. 뭘 보는지. 인터넷에서는 뭘 검색하는지. 뭘 먹는지. 집에서 술을 얼마나 마시는지. 구문 패턴, 성적 취향.

정말 구문 패턴을 알려 준단 말이야? 내가 말했다.

장치들이죠. 리가 말했다. 그게 열쇠예요. 모든 것의. 모두의. 산 자든 죽은 자든.

그 사람은 키보드 두드리는 일로 돌아갔다.

똑똑. 열린 현관문을 두드리는 소리가 났다.

개가 다시 짖었다.

다른 펠프 쌍둥이가 우산을 쓰고 문간에 서 있었다.

개는 주방에 가둬 놨죠? 그녀가 말했다.

그래. 내가 말했다.

그 마스크는 왜 쓰고 있는데요? 그녀가 말했다.

유행병이 돌고 있으니까. 내가 말했다.

우리 삶에는 이 따분한 유행병 외에 다른 것도 있어요. 마스크는 정말 짜증 나요. 그걸 쓰고 있는 사람들을 보면 내 정신 건강에 악영향이 와요. 안 벗을 거예요? 나라는 걸 이미 봤잖아요.

안 벗을 거야. 내가 말했다. 무슨 일이야, 이든?

이걸 보여 드리러 왔어요. 그녀가 말했다.

그리고 학생들의 연습장 같은 걸 내밀었다.

파란 표지가 비를 맞아 그녀 이름 옆에 커다란 얼룩이 생겼다.

기분이 정말, 정말 언짢아 오지 않을 수 없었어요. 그녀가 말했다. 일전에 그 소녀의 이름을 착각했거든요. 에밀리라고 생각했는데, 에밀리가 아니라 엘시였어요. 그걸 착각하다니 정말 속상했어요. 잠을 설칠 정도로요. 그래서 어린 시절 물건들을 뒤져 보기 시작했죠. 아, 리, 안녕.

안녕. 리가 고개도 들지 않고 말했다.

전부 다 뒤졌어요. 다락을 개조할 때 버린 건가 싶었어요. 못 찾을까 봐 두려웠어요. 그녀가 말했다. 그런데 있었어요! 개조하지 않은 서까래의 경계점 뒤에 있더라고요. 페인트 통들 뒤에 검은 비닐 백 밑바닥에요. 무엇보다 중요한 것들이, 당시 나에게 그렇게도 중요했던 것들이 비닐 백에 들어가 다락의 개조되지 않은 부분에, 페인트 통들 뒤에 처박힐 수 있는 걸까요? IDK. 모르겠다(I don't know)는 뜻이에요.

그녀가 연습장을 펼쳤다.

어린 학생의 크고 둥근 필체가 보였다. i자 위에는 점이 아니라 동그라미가 올라가 있고, 그림들도 있었다. 인터넷에서 출력한 것들을 오려서 테이프로 붙였다. 출력한 사진들은 색이 바랬다.

그녀가 가운데를 펴서 날개들처럼 장식된 훨씬 큰 종잇장 둘을 펼치자 연습장에 날개가 붙어 있는 것 같았다. 그녀가 나를 보고 입을 벌린 채 미소를 지어 보였다.

리가 일어나 기지개를 켰다.

얼른 차고에 들러 뭘 좀 가져올게요. 그 사람이 말했다. 오래 안 걸려요.

여기로 돌아오는 건 안 돼. 내가 말했다.

이드, 차 갖고 왔어? 리가 말했다.

이든이 리에게 자동차 열쇠를 건네주고 저 아래 차를 세운 곳을 가리켰다. 나는 연습장에 적힌 학교 이름을 바라봤다. 이백 마일 가까이 떨어진 도시의 학교였다.

부르르. 리가 뛰어가는 걸 보며 이든이 말했다. 오늘 춥네요.

그리고 집 안으로 발을 들였다. 나는 복도 안쪽으로 물러섰다.

집에 좀 들어오지 말아 줘. 내가 말했다.

하지만 리는 집에 있었잖아요. 그녀가 말했다. 그 사람에게 이야기를 해 주셨나요? 그랬다면 나도 하나 듣고 싶으니까요. 아이, 괜찮아요. 나는 안 아파요. 완전히 말짱하다고요. 책장이 있는 그 방에 가서 서로 한참 떨어져 앉으면 되죠, 지난번처럼.

그러지 말고 그 연습장을 두고 가면 어떨까? 내가 좀 읽어 보고 다음번에 돌려주면서 그에 대해 대화를 나누자. 내가 말했다.

지금 바로 읽을 수도 있잖아요. 그녀가 말했다.

지금은 바빠. 내가 말했다.

리가 차를 가져갔어요. 그녀가 말했다. 그 사람이 돌아올 때까지 기다려야만 돼요.

여기서 기다릴 수는 없어. 내가 말했다.

그럼 어디로 가라고요? 그녀가 말했다.

카페들이 있잖아. 내가 말했다.

너무 춥고 날이 궂어서 카페 밖에 앉을 수 없어요. 그녀가 말했다. 죽을 거예요.

리가 집에 갔으면 이든도 가야 하지 않겠어? 내가 말했다.

그 사람은 돌아올 거예요. 자기 물건들을 놓고 갔으니까. 그녀가 말했다.

젖은 셔츠, 그리고 옷가지와 컴퓨터 장비 따위가 삐져나와 있는 열린 여행용 가방이 계단 아래에 아직 놓여 있었다. 한편 이든은 젖은 머리카락을 어깨 뒤로 털어 내며 거실을 서성이고 있었다.

이런, 젠장. 내가 말했다.

나는 그녀 뒤로 건너가 창문을 열어젖힌 다음 돌아와 그녀에게서 최대한 거리를 유지한 채 꽤 세찬 바람 속에 자리를 잡고 앉았다.

『주홍 글자』. 그녀가 앉으며 말했다. 멋지겠는데요.

그녀가 소파 팔걸이에서 책을 집어 들었다.

무슨 내용이에요? 그녀가 말했다.

나도 안 읽어 봤어. 내가 말했다. 그래도 가슴에, 그러니까, 아마도 남편이 아닌 누군가의 아이를 낳았다는 이유로, 글자(letter)를 하나 달고 살아야 하는 한 여자에 대한 이야기라는 건 알아.

맙소사. 길지 않으면 좋겠네요. 편지(letter)가 길어서 밤낮 옷 아래로 축 늘어져 내리면 얼마나 귀찮겠어요. 이든이 말했다.

아니야, 누구한테 받은 편지가 아니고, 알파벳 글자,

A 말이야. 선홍색이고. A는 화냥년(adulteress)을 가리켜. 내가 말했다.

낭만적이군요. 이든이 말했다. 세탁부(laundress)나 여자 방송진행자(on air hostess)처럼 말이죠. 여자 성인이라면, 옛날에 성인들을 상대로 일한 누군가겠네요.

아니야, 그러니까…… 내가 말했다. 화냥년이란……

OMG!* 이든이 말했다. 서명이 돼 있네요! 저자 서명이요!

음. 내가 말했다. 그렇게 책장을 뒤로 접지 말아 주겠어?

귀중한 거예요? 이든이 말했다. 그래, 그렇죠? 이게 저한테 그렇듯 말이에요.

그녀가 『주홍 글자』를 내려놓고 다시 연습장을 집어 펼쳤다. 그리고 소리 내어 읽기 시작했다.

옛날에 프래니와 엘시라는 두 소녀가 살았습니다. 둘은 성이 서로 달랐는데 사촌지간이었기 때문입니다. 어느 따분한 여름, 둘은 따분했습니다. 둘 중 누군지 분명하지 않지만 이

* '맙소사(Oh my god)'라는 뜻.

과제를 위해 읽은 많은 자료를 통해 판단하건대 나이도 더 많고 키도 더 큰 소녀일 것인데요, 왜냐면 삽화가 무척 훌륭하고 성숙한 것으로 볼 때 아마도 나이가 더 든 소녀가 요정들의 그림을 그렸을 것입니다. 요정들에게 모자 핀을 꽂아서 그들이 정말 풀밭 위 통나무에 서서 일광욕을 하는 듯 보이죠. 그리고 코팅리 소녀들은 그 요정들의 사진을 찍었으며 그것은 차차 유명해져 코팅리 요정으로 알려지게 되었습니다. 코닥이 속아 넘어갔는데, 코닥은 유명한 사진 회사로 사진에 대해 알았는데도 그 회사조차 그게 가짜라는 걸 알아차리지 못했습니다. 사진도, 요정도 말입니다. 아서 도일이라는 남자도 속아 넘어갔는데 그는 영국의 영웅 셜록 홈스에 대해 책을 써 유명한 사람이었습니다. 그는 요정들과 신비한 것들이 진짜이기를 바랐는데 그러면 그의 이야기들이 그런 것들로 가득하기 때문에 더 많은 사람들이 자신이 쓴 이야기가 진짜라고 믿을 것이기 때문이었습니다. 그래서 그는 사실 가짜이지만 아름다운 날개를 가진 진짜처럼 아름다운 요정들에 대해 홍보를 많이 했고, 영국인들은 요정들의 날개에 대해 생각하고 싶지 이제 더 이상 전쟁의 진흙탕에 빠져 있기를 원하지 않는다고 말했습니다. 왜냐면 1920년 당시는 1차 세계 대전 전시였으며 사람들이 자신의 세계관이 변하는 것에 속이 상하고 농부들은 논밭이 진흙탕으로 뒤바뀌는 데 화가 났기 때문입니다. 그때 전쟁이 벌어지던 그리고 이제 사람들이 버리고 떠나는 저 먼 시골의 들판에선 오늘날까지 농부들이 작물을 심을 때 죽은 자들의 뼛조각들을 발견하게 됩니다……

똑똑.

개가, 짖었다.

이든이 겁먹은 얼굴이다.

괜찮아! 내가 개에게 소리친다. 그만 됐어!

개가 짖기를 멈췄다.

아. 이든이 말했다.

창가에 있었기에 문 앞에 누가 있는지 본 그녀가 침울하고 슬픈 얼굴로 나를 바라봤다.

내가 현관문으로 나갔다. 마스크 위로 마티나 잉글리스의 눈이 보였다. 그 주위의 주름살은 낯선 것이었지만 예전처럼 도전적인 그 눈이 내 눈과 마주쳤다.

내 쾌속차로 어디 좀 같이 가지 않을래?

어디? 내가 말했다.

그건 비밀이고. 그녀가 말했다.

스케이트 한 켤레가 신발 끈에 묶여 목둘레에 걸려 있었다.

그거 스케이트야? 내가 말했다.

너희 동네 스케이트장은, 그녀가 말했다. 일반인은 그냥 들이지 않는데 내 이름을 알아보더라고. 내가 메달도 따고 꽤나 알려졌거든. 관리인이 우리랑 나이도 같고 그래서 특별 대우를 해 준 거야. 우리가 스케이트장을 통째로 쓸 수 있게 말이야. 내 묘기를 너한테 당장 보여 주고 싶어. 맙소사, 샌드, 이렇게 실물로 보니까 정말 근사하다. 근사하지 않니? 아주 황홀한 기분이야. 거칠 것 없이 자유로워. 다시 젊음을 되찾은 느낌이고. 여기가 지난 일 년 사이에 내가 집에서 가장 멀리 와 본 곳이야. 그러니까 여기가 너 사는 곳이구나. 그 소녀는 어디서 잤어? 새가 날갯짓으로 건드린 전등갓은 어떤 거고? 그 전등갓을 실물로 보고 싶어.

엄마. 이든이 말했다. 여기는 무슨 일이에요?

아. 마티나 잉글리스가 말했다. 이든이네.

그래요. 이든이 말했다. 나예요.

너야말로 여기는 무슨 일이니? 마티나 잉글리스가

마스크를 벗어 코트 주머니에 넣으며 말했다.

코팅리 요정 프로젝트 했던 걸 아줌마에게 읽어 주고 있어요. 이든이 말했다. 적어도 아줌마는 내 삶에 관심이 있거든요. 엄마는 전화도 안 받잖아. 여기는 왜 온 거죠?

옛날 대학 동창과 스케이트를 타러 가려고 왔지. 마티나 잉글리스가 말했다.

나 스케이트 못 타. 내가 말했다. 네 딸하고 가지그래?

마티나 잉글리스는 들은 척도 안 했다.

아멜리는 누가 보고 있니? 그녀가 이든에게 말했다.

아빠가요. 이든이 말했다. 뭐, 엄마야 이러고 다니니까요. 사실 오늘 오후는 엄마가 당번인데.

나는 현관문과 복도 사이에서 다투는 두 사람을 놔두고 거실로 들어가 『주홍 글자』를 집어 책장 제자리에 돌려놓은 뒤 주방으로 가 손을 씻었다. 그리고 비올라에게 전화를 걸어 다시 병원으로 가기 전 검사를 받을 테니 아버지에게 안부 전해 달라는 메시지를 남겼다.

나는 개를 데리고 집을 나갔다.

나 기다리지들 마. 내가 말했다. 둘 다 되도록 빨리 가 주고. 현관문 닫고 제대로 잠겼는지 꼭 확인해 주겠어?

개를 조수석에 태우고 나도 차에 올랐다. 아직도 문간에서 다투는 둘을 놔두고 차를 출발시켰다.

한편 아버지의 개는 이름이 셰프다.

셰퍼드를 줄여서 셰프일 테고 목양견과 관련이 있지 않을까 한다.

아버지는 언제나 자신의 모든 개를 셰프라고 불렀다. 이 셰프가 다섯 번째 개다. 개와 그들의 충직함에 관한 옛날 컨트리웨스턴 노래에서 따온 이름이다. 노래 속에서 어린 개는 익사 직전인 주인의 목숨을 구해 준다. 그가 구하러 왔다. 어느 날 동네 수의사가 개의 주인 짐에게 더는 할 수 있는 게 없다고 하고 이제 짐은 셰프를 총으로 쏘아 고통에서 벗어나게 해 줘야 할 처지가 된다. 그는 셰프의 충직한 머리에 총을 겨눈다. 하지만 차마 쏠 수가 없다. 달아나고 싶다. 차라리 누가 자신을 쏴 줬으면 싶다. 어쨌든 어떻게 죽었는지 분명치는 않지만 셰프는 결국 죽고 개들에게도 천국이 있다면 셰프는 지금 거기서 행복한 내생을 보내고 있을 거라고 노래는 장담한다.

차를 몰면서 기억이 나는 대로 그 노래를 불렀다.

너는 옛 이야기의 새 형태구나. 노래의 끝부분에 이르러 내가 아버지의 개에게 말했다.

개와 내가 서로를 바라보았다.

셰프, 내가 말했다. 환각은 바이러스의 한 증상이거든. 나 아픈 거지? 펠프 가족이 사실 환각인 거지? 격리가 나쁠 것도 없다고 느끼고 싶어 격리의 정반대를 내가 꾸며 낸 거야. 그렇지?

셰프는 느긋하고 편안한 눈빛으로 나를 맞바라봤다.

내가 정부를 환각하고 있듯 말이야. 내가 말했다. 이 나라를 이토록 성공적으로 운영하는, 계획일 수밖에 없다 싶을 만큼 절묘하게 무능력해서 우리 나라의 일인당 사망자 수가 세계 정상권을 달리게 해 주는 그런 정부를. 당연히 사실일 리 없지. 왜 진작 이걸 몰랐을까? 그렇게 초현실적으로 느껴진 것도 당연하네. 내가…… 그냥 다 꾸며 낸 거야.

셰프가 무심하게 계기반을 바라보았다.

아니면 코로나 전의 모든 것이 환각이었고 이게 비

로소 드러난 진짜 현실인 걸까? 내가 말했다.

셰프가 하품을 했다.

내게 옮았는지 나도 하품을 했다.

아버지 집이 가까워지니 개가 짖으며 자리에서 법석을 떨었다. 집에 다 도착하자 너무나 좋아 펄쩍펄쩍 뛰며 거구를 돌려 대는 바람에 차가 출렁거렸다. 차에서 내보내 줬더니 고관절염도 아랑곳하지 않고 앞문을 훌쩍 뛰어넘었다.

그리고 내가 현관문을 열어 줄 때까지 머리를 문에 맞대고 서 있었다. 문이 열리자 곧장 들어가더니 아버지를 찾아 이 방 저 방을 헤매다가 주방으로 돌아와 식탁 아래 자리를 잡고 앉아 의연한 체념의 눈빛으로 기다렸다. 마치 삶이란 그저 묵묵히 기다리는 것이고 그러면 기다리던 사람이 집에 돌아오는 것이라는 듯.

그래, 뭘 좀 찾았어? 내가 말했다. 응?

그리고 개의 머리를 어루만지고 목을 움켜잡았다.

너무 쌀쌀맞게 대해서 미안해. 내가 말했다. 네가 아니라 내가 문제야. 이제부터 더 잘해 줄게.

나는 내가 먹으려 데워 놓은 콩 통조림의 반을 개에

게 주었다. 썩 잘한 일인지는 모르겠는데 적어도 내가 아는 한 별 문제는 없었고 다정한 행동 같았다. 이어서 아버지의 냄새가 가장 많이 밴 방에 개와 나란히 앉아 텔레비전을 봤다.

우리가 본 건 사람들이 이곳과 유럽 대륙 사이의 좁은 바다에 빠져 죽는 와중에 오로지 말다툼에 여념이 없는 정치인들의 모습이었다. 그들은 자신들을 방공기구처럼 커다랗게 부풀렸는데 그것은 아마 물속의 사람들이 비교적 신경 쓰지 않아도 되는, 진짜 사람이라고 보기도 힘들 만큼 보잘것없는 것이라고 암시하고 싶어서인지도 모른다. 그래서 그들의 말다툼은 사람들의 생사에 대한 것에서 방향을 틀어 어느 방공기구가 말다툼에서 승리할지에 초점이 모였다.

내가 화면을 향해 크게 고함을 질렀더니 아버지의 개조차 따라서 울부짖었다. 그래서 텔레비전을 꺼 버렸다.

셰프, 악이란 게 있을까? 내가 개에게 물었다.

아, 그럼. 셰프가 말했다.

어떻게 생겼는데? 내가 물었다.

음, 사실 아주 일상적이야. 셰프가 말했다. 그리고

당신들 모두 그럴 수 있지. 인간들 말이야. 그건 선도 마찬가지고.

인간 외의 다른 동물들도 그런 게 있나? 내가 물었다.

그거 흥미로운 질문이군. 셰프가 아주 여유롭고도 태평스럽게 한쪽 발을 소파 위의 다른 발 위로 흔들면서 말했다. 차이점은 시간과 언어가 만나는 지점이야. 추상적이고 실제적인 의미의 네트워크, 그리고 당신들 인간들이 실재했던 과거와 상상 속의 미래에 대한 관념 및 개념들을 당신들이 가진 음성언어에 보존하는 능력과 관행도 마찬가지인데, 이 모든 것이 당신들로 하여금 사건의 순서, 결과, 경험, 상이한 가능성들 따위를 따져 보게 해 주지. 이것들은 다 내재된 철학적 추동력과 경험에 따른 기반을 부여하고, 맞아, 당신들에겐 행동에 관한 사전 숙고, 상상, 그리고 선택이라는 질문을 의미하지. 먼저 악에 대해 생각해 보자고. 하지만 악을 어떻게 규정하지? 흠. 잔인함을 예로 들어 볼까? 그것의 한 측면을 다른 생명체에게 고통을 주겠다는 의식적인 선택 또는 결정이라고 해 보자고. 사전 숙고가 이 정의의 중심에 있는 거지. 그러겠다는, 또는 그러지 않겠다는 선택권을 지닌 존재에 의해 잔인하게 굴겠다는 추상적, 그리고(또는) 물리적 결정이 내려지는 거야. 자, 우리는 달라. 우리에게 경험에 대한 이해력이 없지는 않아. 당연히 있지, 학습 능력도 있고. 옳고 그름에 대한, 그리고 당신들이 우리에게(뭐, 적어도 그런 것들에 관한 당신들의 이야기에 귀를 기울일 좀 양순한 쪽에게) 말해 주는 당신들이 생각하는 옳고 그름에 대한 문화적 유산에 대한 우리 나름의 관념이 없지도 않고. 그건 그보다……

그때 잠이 깼다.

셰프가 내 무릎에 머리를 얹고 자고 있었다.

셰프 머리 옆에서 전화기가 웅웅거리고 있었다.

병원도, 비올라도 아니었다. 모르는 번호였다.

네? 내가 말했다.

안녕하세요. 실제인지 상상인지 모르겠는 리가 말했다. 리예요. 곧 돌아오시나요? 그게, 이든이 아멜리를 재웠으면 하는데 어디가 가장 나을지 모르겠다고 해서요.

아멜리도 지금 내 집에 있다고? 내가 말했다. 너희들 언제 갈 거야?

아버지가 아이를 데려왔어요. 리가 말했다. 온종일

아멜리랑 떨어져 지낸다고 이든이 난리를 피워서요.

그런데 왜 집에 안 간 거래? 내가 말했다. 자기 아버지도 지금 거기 계셔?

여기 있어요. 리가 말했다. 하지만 집에는 안 들일 거예요. 지금 바깥 차 안에 앉아 있어요. 거기서 자게 놔두죠, 뭐. 얼마나 편한지 한번 보게. 절대로 이 집 안에 들어오게는 안 해요.

왜? 내가 말했다.

여기는 아버지의 집이 아니니까요. 리가 말했다. 아줌마가 안 계시는 동안 누구를 들이고 누구를 내보낼지 내가 결정해요. 여기서 아버지는 추방이에요. 그런데 지금 어디세요? 리가 말했다.

음, 셰프라는 친구 집이야. 내가 말했다. 오늘 밤은 꽤 춥네. 거기 바깥도 추울 거야. 차 안의 자기들 아버지 말이야.

추우면 차를 몰고 집으로 돌아가면 되죠. 리가 대꾸했다.

자기들 모두 집으로 데려가면 더 좋고. 내가 말했다.

어쨌든 차가 난방이 썩 좋아요. 큰 차거든요. 아버지

소리가 들리네요. 아직도 미치광이처럼 밖에서 말다툼을 하고 있어요. 리가 말했다.

누구하고(With whom)? 내가 말했다.

누가 문법의 여왕 아니랄까 봐.* 그래서 아줌마가 맘에 든다니까요. 요즘은 아무도 그렇게 말하지 않아요. 그래요, 아버지랑 엄마가 언제나 그랬듯 소리를 질러 대고 있어요. 집이 좁아 더 재미있다 싶어요. 집 안에 뭐 어디 갈 데가 없잖아요. 아 참, 그리고 아줌마네 오븐도 작동이 안 되더라고요. 고장 났어요? 또, 아침에 쓸 토스터는 있어요? 죄송하지만 아줌마 없이 우리끼리 먹었어요. 배달 주문으로요. 아버지는 차 안에서 먹었고요. 아줌마네 소형 주방의 찬장 문에 커리 식당 전단이 붙어 있어서 거기로 전화 주문했어요.

주방이 그냥 주방이지, 뭐. 내가 말했다.

다들 퍽 괜찮은 커리라고 생각했어요. 그런데 이든은 맛을 못 보니까 그렇고, 아버지는 어땠는지 모르겠네요. 그나저나 집을 나와 시간을 보내는 게 모두에게 좋은

---

* 일반적으로는 흔히 'With who'라고 쓰는데 'With whom'이라고 문법에 제대로 맞춰 말한 것을 빗대어 말하고 있다.

영향을 준 것 같아요. 맨날 똑같은 집을 벗어나 있는 게요. 모르는 장소에서 다 함께 있어 본 게 엄청 오랜만이거든요. 환경의 변화라고 할까요.

실은 다들 내 집에서 나가 줘야 되겠어. 내가 말했다.

언제 돌아오실 건데요? 엄마는 아줌마랑 이야기를 하고 싶어 해요. 여기가 성지라도 되는 듯 집 안을 돌아다니며 뭘 집었다가 다시 내려놓고, 그러고 있어요. 이든도 학교 다닐 때 진짜 끔찍한 여자아이들에게 집단 괴롭힘 당했던 이야기를 아줌마에게 하고 싶어 하고요.

아, 저런. 가엾은 이든. 내가 말했다.

그런데 헛간 열쇠는 어디 있죠? 그들이 말했다. 웹사이트에 쓰게 아줌마 그림들과 작업 과정을 사진으로 좀 찍어 둘까 해요.

잘 들어. 내가 말했다. 자기네 어머니와 아버지와 쌍둥이 자매와 자기까지. 전부 다 내 집에서, 또는 내게서 어떤 해답도 찾아낼 수 없어. 내가 이 이야기가 아니기 때문이야. 자기도 마찬가지고. 알아들어? 우리는 이야기가 아니라는 말이야. 어쨌든 이야기가 해답은 아닌 거고. 이야기는 항상 질문이지.

뭐, 그래도 그렇게 말씀하시면 안 되죠. 아줌마도 모르잖아요. 리가 말했다.

아는 것들도 있지. 자기보다 나이가 많잖아. 내가 말했다.

연령차별주의자처럼 굴지 말라고 정중히 부탁드려도 돼요? 리가 말했다.

지금은 부서지기 쉬운 시대야. 내가 말했다. 지금 나가서 차에 다가가. 아버지와 화해해. 아버지와 어머니를 안으로 받아들여. 내, 그, 소형 주방에 와인 몇 병 있으니 그중 한 병을, 아니, 원하면 다 따서 서로 건배하고 서로가 잘되기를 빌어 줘. 안 그러면 언젠가 후회할 거야, 그랬으면 좋았을 거라고. 그런 다음, '자기들 전부.' '집으로 돌아가.' 제발.

침묵.

이어서 리가 입을 열었다.

대단히 죄송하지만요, 샌디 아줌마. 좋은 말씀 감사하고 뭐, 아줌마가 자신을 무슨 우리 가족에 대한 이야기꾼의 상징적 아바타처럼 여기고 있는 것도 알아요. 하지만 내 이야기를 그렇게 깔보듯 말할 권리는 없는 거예요.

아무리 본인이 좋은 의도라고 여기신대도 말이에요. 나의 여정과 나의 이야기에 대한 나 자신의 생각을, 그리고 나로서 산다는 게 어떤 것이었는지에 대한 나 자신의 퍽 거대하고, 그래요, 정말이지 제법 분방한 서사를 타자들에게 어떻게 이야기해야 하는지를 가지고 감 놔라 배 놔라 하셔서도 안 돼요. 우리 가족 전체도 마찬가지일 텐데, 아줌마가 우리 각자의 진실들을 하잘것없는 이야기로 폄훼한다고 해도 저마다 자신의 진실에 대해 느끼는 바가 있으니까요. 우리 아버지만 빼고요. 내 이야기를 지지하지 않는 한 나도 아버지의 이야기를 지지하지 않아요.

내가 나를 아바타로 여긴다고? 내가 말했다.

상징적 아바타. 리가 말했다.

좋아. 내가 말했다. 이 상징적 아바타의 생각을 말해 주겠어.

네, 그런데 사실 아줌마는 솔직히 우리가 만난 이후 본인 생각 외에는 아무 이야기도 해 준 게 없고, 그래서 좀 지치는 느낌이에요. 리가 말했다. 그리고 내 생각에, 만일 아줌마가 충심 어린 조언을 받아들이신다면, 아줌마의 지금 문제는 자신이 누구이고 어떤 존재인지를 모르거나 인정하지 않았다는 사실과 관련되어 있을지 몰라요.

뭐든 지금 문제는, 내가 말했다. 내 의사와는 무관하게, 그리고 정말 위험한 이 시기에, 내가 무슨 잉글랜드 해안 휴양지를 배경으로 한 코미디 무대에 홀짝 떨궈졌다는 사실에 기인하고 있을지 모르는데, 거기서 나는 어쩔 수 없이……

맞아요, 하지만 잉글랜드에서 가장 내륙 지방에 속하는 곳을 해안 휴양지라고 하면 안 되죠. 리가 말했다. 나는 죽어도 이 동네 식당에서 생선 요리를 주문하지 않아요. 설사 식당들이 문을 열고 생선 요리를 판다고 해도 말이에요.

내 메시지를 전해 주겠어. 내가 말했다. 제기랄, 너희들 모두 다, 당장 내 집에서 꺼져. 지금 당장.

저기요, 저 때문에 화나셨다면 정말 죄송한데요, 샌디 아줌마. 리가 말했다. 지금은 늦은 시각이고 아멜리가 방금 잠자리에 들었다고요. 솔직히 이드도 끔찍하게 힘들었어요. 아멜리가 온종일 칭얼대서요. 우리 아버지랑 어딜 가면 항상 그래요. 그리고 운전하고 가려면 길도 먼 데다, 이미 이야기한 바 있어서 아줌마도 아시듯 지금 당장 저에겐 달리 갈 곳이 없어요. 게다가 우리가 지금 여기 있는 단 하나의 이유는 저녁 내내 아줌마가 돌아오길 기다렸기 때문이에요. 그런데 지금 아줌마는 돌아오지 않겠다 하고 계시고. 정말이지, 좀 일찍 말해 주실 수도 있었을 텐데요. 그러지 않으신 건 상당히 무례하셨어요.

아이고, 기막혀라. 내가 말했다. 나더러, 지금, 무례하다고? 너희들 모두, 지금 내 집에, 내 의사와는 무관……

아니에요, 말했잖아요, 우리 부모님은 바깥에 아버지 차 안에 있다고. 리가 말했다.

……그리고 너희들이 거기 있다는 것은 나는 거기 있으면 안 된다는 걸 뜻해, 왜냐하면 내가 누구와 가까이 있다가 뭔가에 옮으면 지금 몸이 몹시 안 좋은 우리 아버지에게 해가 될 수……

아, 알았어요. 아줌마의 아버지 집착이 그걸로 설명되겠군요. 리가 말했다.

나의 뭐가? 내가 말했다.

안녕하세요. 리가 말했다. 저예요.

그래, 네가 누군지 알아. 내가 말했다. 내가 누군지도 잘 알지. 그리고 아버지 집착이라는 그 비난은 순전한 너의 감정 전이야. 나에 대한 너의 허구 외에 나에 대해서 네가 조금이라도 알고 있다면 내가 사실은 어머니에게 집착한다는 걸 알 텐데. 하지만 그건 이 이야기에 해당 안 되는 거고.

아니. 저라고요, 이든이요. 실제인지 상상인지 모르겠는 이든이 말했다. 지금 어디 계세요? 드릴 말씀이 너무 많은데. 아멜리가 여기 있어요. 아이가 아줌마를 너무나 만나고 싶어 해요. 아줌마가 자기한테 이야기를 해 주길 바라고 있거든요. 아줌마 헛간에 들어가서 페인트를 갖고 놀고 싶어 안달이에요.

제기랄. 내가 말했다. 아무렴, 그래야지.

돌아오시면 열쇠가 어디 있는지 알려 주실 수 있겠죠? 참, 그리고 로리가 오고 있어요.

로리는 또 누군데? 내가 말했다.

제 파트너요. 아멜리 아빠. 그이도 아줌마를 무척 만나고 싶어 해요. 아버지 대신 해외 출장을 나갔거든요. 한 시간 전에 비행기에서 내려 지금 히스로 익스프레스를 타고 오는 길이죠.

격리해야 돼. 내가 말했다. 내 집에 들이지 마.

아, 괜찮아요, NBD, 샌디 아줌마. 그건 별 일 아니라는(no big deal) 뜻이에요. 우리 식구들은 절대로 병에 안 걸려요. 게다가 전부 아는 사이라 아무 예방 조치도 필요 없어요. 아버지도 아줌마랑 이야기하고 싶대요. 아줌마와 엄마의 관계나 뭐 그런 이야기 아니니까 걱정 마시고요. 일에 대한 거예요. 예의 선견지명이 찾아왔는데 우리 펠프 가문이 바야흐로 이 동네에 입성할 적기라고 보고 계세요. 아버지는 육감이 뛰어나 이런 걸 잘 맞혀요. 아줌마에게 그것에 관해 물어보고 싶대요.

펠프 가문이 입성할 적기. 내가 말했다.

혹시 아시는지 모르겠는데요. 이든이 말했다. 아버지는 새로 시작한 개인 보호 장비 제조 사업, 기존의 인섹텍스 운영은 물론이고 부동산 개발업자로도 유명하세요.

너희 가족이 지금 점령한 그 집은 사실 내 소유도 아니야. 내가 말했다. 난 그저 세입자라고.

네, 알아요. 이든이 말했다. 아줌마네 거리 대부분을 소유한 사람이랑 이미 접촉을 시작했어요. 그런데 아버지는 아줌마가 일반적인 이야기를 해 줄 수 있는, 그러니까 믿을 만한 소식통인지 뭔지가 돼 줄지도 모른다고 생각하는 거예요. 이 동네에 산다는 게 정말 어떤 경험인 건지, 장단점은 뭐가 있는지, 그런 거 말이죠.

이 동네.

스티브는 의대생 시절에 쓰던 실물대 해골을 자기 승합차 조수석에 태우고 다녔는데, 지나가는 사람들이 아이들이 놀라고 자신들도 바이러스 악몽에 시달린다고 불평하는 바람에 그걸 집 안으로 옮겨 놨고, 그래서 이제 여름에는 밀짚모자와 나비넥타이, 크리스마스에는 산타클로스 모자와 반짝이 조각 같은 계절에 맞는 옷차림을 하고서 창가에 앉아 집 앞을 바라보고 있다. 아이들이 늘 스티브의 집 밖에 모여 그걸 가리키며 웃고 그 앞에 서서 셀피를 찍곤 한다.

버스 운전사 카를로는 여름철 식물원에서 무료 창작 강의를 하는 시간제 강연자이기도 하다.

의료계에서 일하는 마리와 자하라나는 전보다 부쩍 늙어 보인다. 낯빛도 훨씬 더 어둡고 갈수록 지쳐 보이는 데다 밤에는 물론 낮에도 집 안 불을 켜 둔다. 긴 교대

근무를 마치고 나서는 다 낡은 미니를 끌고 나가 집 밖으로 나갈 수 없는 사람들에게 식료품을 배달해 주는데, 아버지 일을 어떻게 알았는지 가끔 내게도 식료품 봉지를 갖다준다.

매디슨과 애슐리는 우리 동네에서 가장 젊은데 그들에 대해 내가 아는 거라곤 둘이 커플이고 제대로 대화를 나눈 일은 없어도 마주칠 때마다 손을 흔들며 다정하게 인사를 건넨다는 사실뿐이다.

한편 이든은 학창 시절에 겪은 충격적인 경험에 대해 이야기하고 있었던 것 같았다.

시기심이었던 것 같아요. 그 아이들은 모두 나를 시기했어요. 그녀가 말했다.

인격 형성 과정이었겠지. 내가 말했다.

그래, 맞죠? 그녀가 말했다. 아줌마는 이해할 거라고 생각했어요.

다들 언제 갈 거야? 내가 말했다. 그런데 내가 세입자인 건 어떻게 알지? 그건 개인 정보야.

참 나, 인터넷에 다 나와요. 이든이 말했다.

말이 났으니 말인데요, 안녕하세요, 저 리예요. 리가

전화기를 되찾아 말했다. 아줌마가 내게 제작 위탁한 그 웹사이트요.

너한테 아무것도 위탁한 일 없는데. 내가 말했다.

하셨잖아요. 오늘 낮에 다른 컴퓨터 가지고 와서 이제 쉽게 할 수 있어요. 리가 말했다. 헛간 여는 방법만 알려 주시면 돼요. 바깥 사진은 이미 몇 장 찍어 뒀어요. 그리고 아줌마의 생활 공간도 의미가 있을 것 같아요. 벽감, 침대 옆 탁자 위의 자잘한 장식품들, 욕실에 있는 것들 등등 말예요. 그래도 아줌마가 예전 작품들 사진이나 화면 캡처 따위를 좀 모아 주면 그것도 시간 순서로 포함시킬 수 있어요. 그리고 이력서가 올라간 경력 연대기 같은 거랑 연락처 등등도 좀 주시면 아주 좋겠죠. 간략한 블로그를 하나 쓰실 필요가 있어요. 아니면 이미 인터넷에 있는 걸 갖고 내가 만들어 드릴 수도 있고요.

난 웹사이트를 원치 않아. 내가 말했다. 너나 네 가족 누구에게도 내 작업실에 들어가도 좋다고 허락하지 않을 거야. 네가 내 삶이나 작품의 영상을 취해도 좋다고 허락하지도 않고, 내 웹사이트를 구축해도 좋다고 허락하지도 않아.

그래요, 뭐 하지만 웹사이트 없이 어떻게 예술가가 될 수 있다는 거죠? 리가 말했다. 왜 웃으세요?

나는 리가 자신이 내 웹사이트 구축을 위해 이미 사용한 시간에 대해 내가 얼마를 내야 하는지(친지 할인 요금으로) 설명하는 중간에 전화를 끊어 버렸다.

나는 아버지 개의 머리를 쓰다듬었다.

그리고 이 층에 올라가 거기서 잘 수 있게 아버지의 침대를 손봤다.

혹시 그들이 내 작업실에 들어간다면?

NBD.

혹시 아멜리가 내 페인트를 갖고 놀고 싶어 한다면?

내가 아멜리라도 그럴 것이다.

혹시 어떤 것 또는 누가 내가 일 년 이상 작업해 온 그림을 건드리거나 망쳐 놓는다면?

그렇다고 시가 당장 어딘가로 사라지지는 않는다.

페인트야 항상 얼마든지 있다.

다시 시작할 수도 있다.

더 나은 상상을 하는 거다.

내 머릿속에 마티나 잉글리스가 들어와 있었는데

늙은 그녀와 젊은 그녀가 동시에 흰 옷차림에 발에 스케이트 날을 달고 머리 위로 마치 백조 목처럼 두 팔을 높이 들고서 얼음 부스러기를 날리며 더없이 위태롭게 빙판 위를 빙빙 돌았다. 그녀의 양옆에는, 그러니까 그녀를 가운데 끼고…… 이든 펠프는 차가운 바닥에 앉아 어머니의 회전이 그녀 쪽으로 날려 보내온 작은 얼음 조각을 무슨 맛이 나는지 실험이라도 하듯 망설이며 혀 위에 올리고, 리 펠프는 열중한 얼굴로 다리를 꼬고 앉아서 어머니의 회전을 바라본다 싶지만 사실 완전히 다른 데 정신이 팔려 있으니 그것은 바로 얼음의 눈부심과 온기에 관심 없이 통제된 차가움에 얼마나 오래 버텨 낼 수 있을지 결의와 참된 열의를 갖고 얼음에 바짝 댄 자기 손이었다.

하지만, 내가 뭘 아는데?

나는 아무것도, 아무도 제대로 아는 것이 없었다.

그저 우리 모두가 그러듯 얼렁뚱땅 둘러대고 있을 따름이었다.

살아 있는 대 죽은.

이튿날 아침, 나는 마티나 잉글리스의 번호로 전화를 걸었다.

안녕! 그녀가 말했다. 네 전화를 다 받고 정말 반갑다. 어떻게 지내? 그리고 아버님은 어떠셔?

뭐, 최악은 아니야. 너희 가족은 언제 내 집에서 나갈 거니? 내가 말했다.

여기도 최악은 아니야. 그녀가 말했다. 로리한테서 최대한 떨어져 있으려고 노력하고는 있는데, 그게, 아무튼 나는 그러는데, 방이 하나뿐이라 쉽지 않구나.

네 크고 근사한 집으로 언제든 돌아갈 수 있잖아. 내가 말했다.

야, 우리 집이 코로나 바이러스 범벅이 되면 어쩌라고. 그녀가 말했다.

하여간 너희들은 하나같이 멍청하고 이기적인 얼간이들이구나. 그럼 우리 집은 어쩌고?

아이, 화 좀 그만 내, 샌드. 넌 지금 안전한 곳에 잘 있잖아. 그녀가 말했다.

그래, 덕분에 내가 호사를 누리는구나. 내가 말했다.

나도 거기 있으면 좋겠다. 그녀가 말했다.

아니어서 천만다행이지. 그럼 나는 어디로 가게? 내가 말했다.

하하. 아, 잠깐만. 그녀가 말했다. 이든이 통화하고 싶대.

안녕하세요, 이든이에요. 아, 로리는 잘 있어요. 이렇게 힘들었던 적은 없었다고 하네요. 그냥 시차 부적응이에요.

뒤에서 아이가 기침하는 소리가 들렸다.

아멜리야? 내가 말했다.

어린애들은 안 걸려요. 그녀가 말했다.

넌 어떤데? 내가 말했다.

목이 좀 따끔거리는 것 말고는 말짱해요. 그녀가 말했다.

리는? 내가 말했다.

아줌마 침대에서 WFH, 재택 근무 중이라는 뜻이에요. 이미 한 건데 기억나요?

WFMH. 내가 말했다.

네? 이든이 말했다.

내 집에서 근무 중(working from 'my' home)이라고. 내가 말했다. 언제 내 집에서 나갈 거야?

그녀의 어머니가 전화기를 빼앗아 말했다.

저기 말이야, 샌드. 너한테 말해 주려고 벼르던 참이었어. 스코틀랜드 시인 로버트 번스가 쓴 너무 아름다운 시를 찾았는데 그게 도요새에 관한 거더라고. 지금 앞에 있는 건 아니라 정확하지 않지만, 어느 기혼녀에게 구애 편지를 쓰면서 말하길, 여름날 아침 도요새 소리가 들려올 때마다 자신에게 영혼이 있음이 새삼 떠오른다는 거야. 그 소리를 들을 때면 영혼이 고양되기 때문이라고. 그리고 하는 말이, 우리가 듣는 게 그 무엇이든 무의미한 거라면 우리는 한낱 기계일 뿐이냐고, 그게 아니라 그것을 듣고 내면에서 뭔가가 느껴진다면 그럼 우리는, 이건 정확한 표현인데, 짓밟힌 흙덩어리 이상인 것이냐고. 정말 멋지지 않니? 친구야, 우리네 삶이라니. 우리는 짓밟힌 흙덩어리 그 이상이잖아, 맞지?

맞네. 내가 말했다. 맞아. 정말 아름다운 걸 찾았어.

다음에 널 만나면 제대로 감사 표시를 하려고 해. 박물관에 데려가 귀빈 투어를 시켜 주고 실물 부스비 자물쇠를 보여 줄 거야. 너도 보게 될 텐데, 쇠로 만든 미다스 왕이 담쟁이덩굴로 뒤덮인 벽에 막 손을 대고 누군가가 그걸 조각으로 깎아 내, 그 아취의 일부를 영원히 보존한 것만 같아. 그리고 너 절대 못 빠져나간다, 샌드. 스케이트장에 가는 거야.

아무렴. 그런 것들 다 해야지. 언젠가는. 내가 말했다. 너희 가족이 모두 내 집에서 나가면. 유행병이 끝나면. 둘 중 더 오래 걸리는 일이 마침내 일어나면.

좋아. 그녀가 말했다. 난 벌써 기대된다.

통행금지

안녕하세요(hello), 안녕하세요(hallo), 안녕하세요(hullo).

이것은 비교적 상당히 최근 말이지만, 언어가 다 그렇듯 깊은 뿌리가 있다.

어떤 형태건 사전에 따르자면, 호(ho)와 라(la)의 결합형으로 어이, 저기요(hey there) 비슷한 뜻인 중기 프랑스어 올라(hola)의 이형이다. 또한 사냥 대상을 발견하고 흥분에 휩싸여 추적을 시작할 때 외치는 예전 사냥 구호 할루(hallo)와도 관련돼 있을지 모른다. 또는 셰익스피어가 『십이야』에서 어느 등장인물이 사랑을 증명하기 위해 자신은 연인의 이름 외에는 이 세상에 아무것도 남지 않게 메아리 울리는 산을 향해 당신 이름을 부르겠노라(halloo), 하고 말하는 장면에서 썼듯이 울부짖다(howl)라는 말의 소리에 더 가까울지 모른다.

그게 아니면 고대 영어 단어로 치유되다(health), 구조하다(save), 인사하다(greet)를 한꺼번에 뜻할 수 있을 정도로 고도의 변통성을 지닌 헤일런(haelan)에서, 또는 건강(hale)을 빈다거나 온전(whole)을 비는 전혀 다른 고대 영어 구절에서 왔는지도 모른다.

그런가 하면 강가에서 뱃사공을 소리쳐 부를 때 썼음직한 고대 고지 독일어 낱말일 수도 있다. 그 한 형태가 한 마리의 새를 죽이는 끔찍한 행위와 그 무서운 결과, 그러니까 새를 죽인 뱃사람의 운명과 동료들이 맞는 죽음을 전하는 새뮤얼 테일러 콜리지의 시 「늙은 선원의 노래」에 나온다. 먼저 안녕(hollo)! 인사를 하러 새가 명랑하게 날아들고, 선원은 그 새를 죽이는데, 이후 시에서 모든 것이 죽음의 정체 상태로 돌변하고 이제 아무리 안녕(hollo)! 인사를 한들 그 어떤 새도 찾아오지 않는다.

이 모든 형태들 중 어느 것이든, 헬로(hello)는 그 모든 걸 뜻할 수 있다. 우리는 방금 만난 누군가에게 그렇게 말하는데, 그것은 상대방이 우리가 아는 누군가이든, 한 번도 만난 적 없는 누군가이든 정답게 격식 없이 나누는 인사법이다.

그것은 또한 아니(hello), 이게 뭐야/누구야?, 에서처럼 누군가 또는 무엇인가에 놀라거나 매혹되거나 허를 찔렸음을 의미하기도 한다.

정중히 주목을 요구하는 경우에 쓰일 수도 있는데, 이를테면 가게 안에 서 있는데 시중을 들어 줬으면 하던 종업원이 다른 쪽으로 갈 때 큰 소리로 부르는 말이다. 또는 어딘가에 아무도 없음을 암시하는 표현도 된다. 예를 들어 우물에 빠져 바닥에서 속수무책으로 작고 둥그런 빛으로 남은 바깥세상을 올려다볼 때 누군가가 들어주기를 필사적으로 바라면서 외치는 말이다.

혹은 전화를 받고 그렇게 말했음에도 아무도 대답하지 않거나 반대편에 아무도 없을 때 그 침묵을 향해 다시, 매번 조금씩 더 완강하게 하는 말이다.

여보세요?

여보세요?

거기 누구 있어요?

거기에 있고 내 말이 들리는데 무슨 이유에선지 대답하지 않는 건가요?

도와주실 수 있으세요?

아, 이제야 확실히 관심이 가는군요.

그런데 이게 다 뭡니까?

원하는 게 뭔가요?

네, 저 여기 있어요.

저를 당신의 배에 태워 안전하게 데려가 줄 수 있나요?

가까운 데 육지가 있나요?

부디 건강하세요.

부디 무너지지 마세요.

부디 쾌차하시고, 조심하세요.

당신을 사랑해요, 그래서 당신의 이름과 우리 사랑으로 온 우주를 뒤덮을 거예요.

당신이 가는 곳을 뒤따르고 있어요.

어, 안녕하세요.

다시 만나 반갑습니다.

만나서 반가워요.

모든 안녕은 모든 언어의 모든 목소리가 그러하듯 (인간의 목소리는 그중 극히 일부일 뿐이다.) 그 나름의 이야기를 준비한 채 기다린다.

그것은 사실상 모든 이야기다.

언제든 이야기를 하게 될 때면, 수많은 계절들의 더께와 흙먼지가 뒤섞인 짙은 녹색이 벽의 문 위로 나타나는데, 문도 벽도 모두 다 미세한 산들바람에 따라 이파리들이 춤추는 커다란 담쟁이덩굴 밑에 숨어 보이지 않고, 새로 돋는 연둣빛 이파리들이 여기저기 밝은 빛을 더하고, 그들 중 가장 새로 돋은 완벽한 이파리들은 범속하고도 놀라우며, 또한 덩굴손에서 돋아나 무엇이든 가 닿는 표면을 향하고 완강하고 끈덕지게 그러쥐는 식물의 이빨 같은 뿌리가 있으니, 그것들은 덩굴손이기보다는 뿌리가 되고자 하는데, 깊고 굳건한 원뿌리가 그 전체를 먹여 살리니, 누구 또는 무엇이 그것을 잘라 내거나 파헤치려 한들 모두가 한꺼번에 다시 하나의 펼쳐진 이파리가 되고 마는 것이다.

통행금지 시간이 되자 문 앞에 세 사람이 모여들었다. 그들이 문을 열어젖혔다. 안녕, 그중 하나가 말했다. 다리를 잡아, 다른 하나가 말했다. 개가 말썽을 부리면 그건 내가 맡겠어, 세 번째가 말했다.

그리고 그들은 일을 저질렀다.

소녀의 일솜씨가 훌륭하지 않았다면 안 그랬을 것이다. 칼을 만드는 법뿐 아니라 아는 게 훨씬 많았기에 그들은 그런 일을 저질렀던 것이다.

소녀는 시궁창에 내동댕이쳐졌다. 아침이 되자 자신이 내동댕이쳐진 곳이 시궁창임을 소녀도 깨닫는다.

못, 그리고 그다음은 칼. 가장 일찍, 가장 쉽게 날을 세우고 벼리는 것들이다. 못은 흔해 빠진 것이지만 결코 시간 낭비가 아닌, 언제나 만들 가치가 있는 것으로, 쇠막대를 데운 뒤 돌려 가며 물러진 말단 옆면을 박자에 맞춰 때리면서 끝을 뾰족하게 만든다. 부자들에게 팔 거라면 대가리를 도토리 또는 나선, 해, 달, 조개, 과일 모양으로 장식하고, 그냥 보통 사람용이면 그냥 못이다.

칼은, 그게 금속 칼이라면 팔뚝 길이의 층상강철과 쇠를 떼어 낸 다음 가운데에 표시를 한다. 절반은 칼날이고 다른 절반은 손잡이이다. 손잡이부터 시작한다. 끝부분에 열을 가하고 옆면을 때려 주며 부리가 긴 새의 부리만큼 길어지도록 가늘게 깎아 주고, 그것을 쥘 손에 해가 가지 않게 사각 모서리들을 뭉툭하게 만든다. 끝을 뾰족하게 다듬고 연성망치로 뾰족한 끝을 갈고리 모양으로 만든 뒤 둥근 원형으로 마감한 후, 손잡이 전체를 완만한 V 자로, 이어서 U 자로 구부려 준다. 칼날은, 금속을 비스듬히 깎아 낸다. 벼린다. 납작하게 편 다음 당긴다. 벼린다. 다시 손잡이로 돌아간다. 벼린다. 쥐기 쉽게 덮는다. 벼린다. 갈아 준다. 밝은 색이 될 때까지 칼날 작업을 한다. 몇 시간 동안 백열에 칼을 놓아두어 강화시킨다. 기름을 친다. 가열한 돌로 칼등을 담금질한다. 깨끗이 갈아 준다.

소녀의 머리는 못, 칼날, 그리고 그것들을 만드는 데 필요한 선홍색, 핏빛의 불로 가득하다.

벼릴 때 사용하는 주황색 불길. 어떤 물체가 다른 물체와 한몸이 되는 용접에 사용하는 백색 불길.

더 나쁜 일들이 일어나고 있다.

더 나쁜 일들이 일어나고 있다.

소녀는 그들을 안으로 들였다. 그들은 소녀의 배를 치고 망치를 집어 소녀의 머리 위로 치켜들긴 했지만 그 정도 악질은 아니었던지 내리치지는 않았다. 대신 하나가 소녀를 모루 위에 눕혀 잡았고 다른 하나가 소녀를 취했으며 나머지 하나는 목격자로 그 모든 걸 지켜보았다.

그들 다 소녀를 취할 수도 있었을 텐데 그러지 않았다. 소녀를 취하는 게 목적이 아니었고 그 사실을 소녀가 알기를 원했기 때문이다.

소녀는 그걸 안다.

소녀는 그들 모두를 안다. 모두가 그들을 안다. 모두가 지금 일어난 일을 알게 될 것이다.

더 나쁜 일들이 일어나고 있다.

그들은 으르렁대는 개들부터 죽였다. 그들이 그러는 동안에도 소녀의 머릿속에는 못과 칼이 있었다. 칼이 더 많은 생각을 요했기에 당하는 시간 내내 열심히 칼을 생각했다. 그들이 하던 일을 마치자 소녀는 개들처럼 죽은 척했고, 그들은 소녀를 자루에 담아 버렸는데, 그들이 자신을 버린 곳이 황무지이고 마대 자루가 이 시궁창 속 자신의 잠자리라는 걸 이제 소녀도 안다. 개들은 어디에 버렸는지 알 길이 없다.

소녀는 오 년차 도제다. 두 해 남았다. 그 두 해는 이제 일어날 수 없다. 그게 법이다. 성교를 선택했건 안 했건 법에는 아무 상관이 없고, 취해졌다는 사실이 중요할 뿐이었다. 기술조합도 그걸로 끝이었다.

통행금지. 그들이 들어올 때 소녀는 법에 따라 불을 지키고 있었다.

소녀는 열세 살이다.

소녀는 죽을 생각을 하고 있다.

안 될 것 없다. 이 시궁창도 쓸 만한 무덤이고, 둔덕도 높다라니 괜찮다. 저 높이 하늘 있는 곳까지 죽 올라간다. 침대치고는 차갑지만 푹신한 편이다. 이 시궁창에서 나가지 않기로 마음먹을 수 있다. 흙더미를 이불 삼아 몸에 덮을 것이다.

네 머리와 입속의 흙이 더 친절하다, 그보다는.

소녀는 날씨가 자신을 죽일지 말지를 알려줄 그날이 언제든 찾아오기까지 거기 누워 있을 수 있다. 날씨는 그녀를 씻길 테고, 동물들은 배가 고플 테고, 아무것도 남기지 않을 것이다.

하늘과 땅과 비와 동물들의 이빨은 더욱 친절해질 것이다.

교회 문짝의 세금세공? 이제 절대로 완성되지 못한다. 교회 문짝은 사람들의 진입을 막고 허용하기 위해 잠겨 있어야 하지. 앤 새클록은 말했다. 교회는 앤 새클록을 싫어했지만 새클록 대장간에 일감을 줬다. 그러다 앤 새클록이 죽자 요절이라고, 허파가 썩었다고, 금속이 몸속으로 들어간 거였다고 사람들은 말했다. 그리고 고작 일주일 새에 대장간을 차지하려고, 소녀를 내쫓으려고 한 것이다. 뭐, 한낱 소녀에게 그걸 내줄 리는 애당초 만무했다. 소녀가 말을 정말 잘 다룬다는 것을, 하도 잘해서 자기네 대장간이 있는 다른 마을들에서조차 새클록의 도제에게 말의 발과 건강을 맡기러 새클록 대장간을 찾아온다는 것을, 워낙 괴팍스러운 말 주인들이 수마일 거리도 마다 않고 여기로 데려온다는 것을 마을 사람들이 다 알아도 소용없었다.

이렇게 이 시궁창에 빠져 있는 신세의 내가 아직도 말을 잘 다루는 사람일까?

앤 새클록과 다시 만날 때까지 이 시궁창에 누워 있

어야겠어.

이끼를 삼켜 숨을 전혀 못 쉬고 그렇게 그녀에게 닿을 때까지 내 코와 입에 이끼를 쑤셔 박아야겠어.

소녀가 시궁창 가에 이끼 같은 것들이 있는지 손을 뻗어 땅바닥을 더듬는데 느껴지는 게 있다. 그것은 매다. 소녀와 태양 사이를 그 매가 지나칠 때 희미한 온기 사이로 차가운 공기가 일렁인다. 소녀가 올려다보자 매는 두 발에 뭔가를 집은 채 날카로운 각도로 허공을 맴돌다 낙하하고 다시 올라가기를 되풀이한다.

소녀가 겨우 몸을 일으켜 시궁창 바깥으로 나와 이끼를 찾는다.

옷 속의 몸을 살펴본다.

이제 피는 멎었다. 그래도 아직 아프다. 팔다리를 움직이기가, 곧은 자세로 숨쉬기가, 아프다.

그때 저 웃자란 풀밭 어디선가 무슨 작은 소리가 들린다. 소녀는 아프다는 사실을 잊어버린다.

풀밭의 움푹 파인 곳에서 소녀는 아주 어린 새 한 마리를 발견한다. 아기 오리 비슷하지만 뾰족한 부리가 그보다 길고 못생겼고, 몸에 비해 머리가 너무 커 자꾸만 넘어지고, 발은 크기는 한데 아직 제 구실을 못 한다.

손대면 안 된다는 것쯤은 소녀도 안다.

그 자리를 떠나 풀밭 멀찌감치 선 채로 소녀는 기다린다.

하지만 아침 내내 돌아와서 새끼를 지키는 부모 새가 보이지 않는다.

그러면 새야, 너랑 나는 같은 신세구나.

장터에서 파는 새 파이. 네 엄마는 그리된 거야. 아니면 여우에게 잡아먹혔을 수도. 새끼 여우들이 포식했겠는걸. 매가 네 형제자매를 잡아갔니? 뭔가를 잡아갔어. 너를 보았을 거고. 너도 잡아가려고 돌아오겠지.

새는 작은 새끼다. 아기 새는 초롱초롱한, 밝고 쾌활한, 두려움 한 점 없는 검은 눈으로 그녀를 바라본다. 웃는 게 뭔지 모르는 채로 웃고 있다. 아기 새의 머리는 짙은 색의 보송보송한 모자 같으며 보송보송한 몸은 너무도 작아 발의 너비가 몸 전체보다 넓을 정도다.

소녀가 옆에 자리를 잡고 앉자 아기 새는 쫍쫍 소리를 멈춘다. 혹시 여우나 솔개, 또는 그 매가 돌아온다면 그녀의 한 손으로 가릴 수 있을 만큼 조그맣다.

시궁창이 아니라 여기 웅덩이 옆에 누워 있어도 되잖아.

당장 앤 새클록을 만나러 가지 않아도 되고.

일단은 이렇게 지켜 주는 일을 해도 괜찮아.

소녀는 햇볕 속에서 잠이 든다.

눈을 떠 보니 새가 소녀 겨드랑이에 몸을 깊이 파묻고 잠들어 있다.

새야, 넌 개구쟁이구나. 잠든 새를 향해 소녀가 말한다. 너는 직업이 뭐니? 네 소유의 땅이 있니? 이제 나는 너보다 부자야. 전에는 나도 아무것도 없었어. 이젠 네가 있잖아.

혹시 알이 있는지 소녀가 둥지 안을 살핀다. 알은 더 없다. 이런 종류의 새는 제법 값이 나가는 커다란 알들을 낳고, 이게 정말로 그녀가 생각하는 그런 새라면 알이 됐건 부화한 새끼가 됐건 아주 큰돈이 될 수 있다. 모두가 알 듯 이런 새는 공기만 마시고 살며 순례자들의 벗이 되라고 신이 보내 준 선물인 데다, 전해 오는 이야기에 따르자면 천국과 지상을 이어 주기 위해 존재하기 때문에 살이 순수하고 청정하다. 이게 그녀가 생각하는 그런 새라면 이 새에 대한 이야기는 굉장히 많다. 그 이야기들에 따르면 이 새는 책을 좋아하여 성자들이 물에 빠뜨린 성서를 부리로 물어 건져 갖다줄 뿐 아니라 만일 그들이 성도들에게 할 말이 떨어지면 신이 그들을 통해 전하고픈 말들로 가득한 책들을 갖다주는 배달원 역할까지 한다.

하마터면 잠결에 무심코 돌아누워 요 녀석을 깔아뭉갰을 수도 있었겠네.

어차피 이미 온몸이 아팠으나 이 생각이 떠오르면서 다른 아픔이 소녀의 가슴속을 훑는다.

새가 잠에서 깬다.

부리를 벌리고 소녀 얼굴 옆에 앉는다.

공기만 마신다는 말은 거짓말이다. 새는 공기 말고도 뭔가를 먹고 싶었다.

나는 새가 아니야. 소녀가 새를 향해 말한다. 나는 너에게 먹이를 주지 못해.

이 새들은 뭘 먹고 살지?

소녀가 일어선다. 새도 따라 일어서려다 두 발에 턱을 찧으며 자빠진다.

소녀는 산울타리 아래 땅바닥을 뒤지다 실지렁이를 하나 파내어 그걸 잡은 손을 새에게 뻗는다.

새는 기다리더니, 그걸 받아먹는다.

소녀는 돌아가 실지렁이가 더 있는지 찾는다.

나도 뭔가 먹어야 하는데.

이 새를 먹을 수도 있어. 새를 팔아서 먹을 것을 살 수도 있고.

소녀가 다시 일어선다. 발끝에서 새가 허둥댄다. 황무지를 둘러보니 저 멀리 연기가 올라오는 집이 보인다. 소녀는 연기가 나는 곳의 반대쪽으로 돌아서서 발걸음을 옮긴다.

뒤에 남은 새가 소매치기라도 당하는 듯 짹짹거린다. 소녀가 저도 모르게 깔깔 웃는다.

그리고 구덩이로 돌아가 새를 집어서 앞치마 주머니에 넣는다.

주머니 밖으로 나오는 소녀의 손에서 금속 냄새가 난다.

그날 밤 소녀는 몰래 돌아갈 것이다. 아름드리나무를 타고 올라 앤 새클록이 보여 준, 아무도 모르지만 쉽게 열리는 지붕 위의 그곳을 지날 것이다. 자신의 물건들을 앞치마 주머니에 집어넣은 뒤 그 위에 다시 새를 올려놓을 것이다.

연장들을 지니고 있는 한, 어디를 가든 인부로 밥벌이는 할 수 있을 것이다.

*

그 후로 몇 주 안에 알게 된 것은 새가 산딸기류의 온갖 열매를 먹고, 해안 바위에 붙은 조개들의 연한 살을 발라 먹는다는 사실이다. 새는 또 갖가지 작은 생물들을 먹는다. 꼬물거리는 벌레를 좋아하고 먹을 게 정 없으면 풀과 모래 따위도 먹고, 딱정벌레와 날개가 큰 파리와 조그만 흡혈파리도 먹고, 잡을 수만 있으면 작은 물고기들도 즐겨 먹는다.

머지않아 새는 부리 끝으로 이런 것들을 잡고 껍질 속에 살아 있는 생명들을 부수고 게의 다리를 잘라 내어 그걸 맨 마지막에 먹을 수 있게 된다.

어느 날 새는 아주 조그만 물고기를 가져오더니 소

녀 발밑에 떨어뜨린다.

처음으로 자기와 같은 종류의 새를 본 그날, 새가 사라지는 걸 소녀는 본다.

다시는 못 보겠지, 소녀는 생각한다.

그런데 새는 돌아온다. 바람이 조금만 세게 불면 당장 부러질 듯 가냘픈 다리에 무릎을 뒤로 굽힌 채로, 그리고 과연 얼마나 길게 만들어도 되는지 신이 펜을 들고 시험해 봤음직한 긴 부리로 새는 동류의 새 무리를 떠나 다시 소녀에게 달려온다.

새는 동류의 새 무리와 지내며 먹이를 삼키는 법을 배우는데, 부리 끝이 입에서 점점 멀어져 가는 중이라 특히나 요긴하다. 모래밭, 풀밭, 진흙, 물 따위 표면에서 보이지 않는 것들을 뒤져 찾는 법도 배운다. 제 무리와 새의 언어로 말하는 법과 홀로 그리고 그들과 함께 나는 법 또한 배운다.

소녀는 새를 모질게 대해 쫓아내야만, 그리하여 새가 떠나서 본연의 삶을 살게 해야만 한다. 야생으로 돌아가라고 일러 줘야만 한다.

그러나 새는 소녀의 겨드랑이를 지키다가 몸이 커

지자 주머니를 차지하더니, 부리가 너무 길어지고 다행히 무게야 그렇게는 안 나가지만 고양이만 한 크기가 되자 그녀의 어깨 위에 앉아, 마치 부잣집에 걸린 비단 틈새로 그리하듯 바로 위 머리카락 틈새로 낚싯대이자 삼지창이자 생업 도구인 부리를 정밀하게 두드려 구부린 철사처럼 가늘고 튼튼하게 간다.

그런데 소녀가 품에 안아 보면 새의 뼈가 너무 가냘파 생전 몰랐던 아픔이 가슴을 울린다. 이것은 다른 존재에게 아픈 무언가가 일어나고 있다는 생각이 주는 아픔이다. 이것은 그 아픔을 느끼고 있지 않으나 아픔이기도 하고, 반대로 아픔 같지 않은 이 무언가를 느끼는 사람의 몸이 감지하거나 다른 사람의 몸 안에서 일어나고 있다고 생각하는 아픔이다.

새의 깃털들은 이제 아름다울 것이다. 쪼그라든 소나무 가지들이나 화살촉 묶음을 날개의 깃털 하나하나에 그려 넣은 듯할 것이다. 양쪽에 눈이 박혀 있는 새의 머리에는 조그만 〉 표시가 마치 퇴색한 잉크 자국처럼 올라가 있다. 아주 매력적이다.

새의 식구들은 소녀를 경계할 것이다.

수선을 피워 대며 소녀에게서 달아날 것이다.

그러나 소녀가 그들을 해치지 않을 거라는 것을, 별로 움직이지 않으며 더러 움직일 때도 아주 느려서 그들에게 위협이 되지 않으리라는 걸 깨달을 것이다.

점차 소녀를 무시하게 될 것이다.

그들이 자신을 무시하게 되자 소녀는 자부심에 차는데, 그건 그들이 신변상의 위협은 물론이고 조수, 그러니까 밀물과 썰물의 때와 그게 생활에 어떤 의미인지를 아는, 진흙탕에 숨겨진 풍요를 아는 영리한 새이기 때문이다.

하지만 그 신뢰는 매 순간 새로 얻어야 한다. 인간을 잘 아는 새들이다.

지금의 소녀가 그렇듯이.

어디를 가든 그들은 하늘에 V 자를 그리며 함께 날아간다.

소녀의 새는 그들이 날아가는 모습을 바라보고 그들이 외치는 소리를 들을 것이다.

이 새들이 외치는 말은 천국에서 태어나기를 기다리는 온갖 영혼들이 얼마나 간절히 살아나기를 원하는지 부르짖는 소리라고들 한다. 그것들은 인간의 말소리처럼 들린다. 윗(what). 윗. 윗. 펄리(pearly). 펄리. 얼리(early). 진짜 그런 의미로 말하는 건 아니다. 인간의 말이 아니니까. 또한 그래서 인간의 말과 같이 어떤 의미로 했던 말을 철회할 수도 없다. 인간의 말은 그들의 말과 달리 부주의하게 다뤄 엉망이 되기 쉽다. 엉망으로 만든 것, 엉망으로 의미한 것, 엉망으로 남에게 준 것이라면 그게 어떤 것이든 공동의 불명예와 깊은 수치로 이어진다는 것을 소녀는 학습을 통해 알고 있다.

이것을, 그리고 새와 새의 사는 방법을 알게 되면서 소녀는 일상의 다른 삶을, 굳이 시궁창에서 죽지 않고도, 은밀히 알게 된다. 이 다른 삶은 사람들이 생각하는 삶과 나란히 저절로 일어난다. 담쟁이덩굴의 덩굴손이 돋아나 자라나고 스스로를 보호하기 위해 겹겹이 층을 이루어 올라가듯 나름의 사는 법이 있는 것이다.

은밀히 알게 된다. 덩굴손.

소녀는 나뭇가지를 집어 모래밭에 이 글자들을 써 본다. 대장장이 기술만 배운 게 아니라 글자 쓰기며 산수도 할 수 있다. 다 불똥 하나 때문이다. 앤 새클록의 남편 잭 섀클록이 한 소년과 대장간 일을 하고 있는데 불씨 하나가 소년의 눈에 들어가는 바람에 소년이 대못 대신 잭 섀클록의 오른손에 망치를 내려찍어 완치가 안 될 만큼 망가지고 말았다.

그리하여 앤 섀클록이 대장간을 물려받았다.

동네 사내들은 분개했다.

하지만 앤 섀클록은 이미 일을 알았거니와 솜씨가 좋았다. 대장장이였던 아버지 밑에서 도제로 일했으며 역병이 돌아 학교에 못 가던 시절에는 대장간 일을 주관하다가 아버지의 대장간을 지키기 위해 대장장이 잭 섀클록과 결혼했던 것이다.

어느 날 소녀는 먹을 것을 얻어 보려고 거리에 서 있었다. 소리를 질러 가며 구걸할 수는 없었는데 만일 그랬다가 아무도 보증을 서지 않을 경우 감옥에서 낙인이 찍혀 바다 건너 담배 농장에 끌려갈 것이기 때문이었다.

한 남자가 소녀를 보았다.

앤 섀클록이 말에 편자를 박는 동안 말을 잡고 있어 달라고 그가 소녀에게 부탁했다. 그러면 대가로 동전을 주겠다고 했다.

이 남자는 자기 말을 두려워했다.

누구에게나 골칫거리로 알려진 말이었기 때문이다. 수중에 돈이 있는 사람은 모두 말이 소녀를 냅다 걷어차서 저승길로 보낼 거라고 내기를 걸었다.

말의 다리께에도 못 닿을 만큼 작은 키에 가냘픈 몸집의 소녀가 남자를 따라 늠름한 말 앞으로 다가서더니 두 손을 최대한 높이 올려 말의 가슴 아랫부분을 만졌다.

말은 소녀를 무시했다.

소녀가 옆으로 가 디딤대에 올라서서는 말의 어깨로 손을 뻗었다. 말이 머리를 돌려 소녀의 머리를 코로 살짝 밀치며 소녀의 머리카락에 풀 냄새 나는 숨을 내쉬었다. 숨은 달콤했으며 입과 콧구멍은 부드러웠다.

소녀가 디딤대에서 내려와 말의 뒤로 걸어가자 장터의 사람들은 날뜀과 발길질을 예상하며 말의 뒷다리를 피해 물러섰다.

소녀가 몸을 뻗어 말의 옆구리를 쓰다듬었다.

말은 순한 양처럼 대장간까지 소녀를 따라갔고, 소녀가 말에게 말을 걸고 말은 한쪽 귀를 소녀 쪽으로 젖힌 채 그 말을 듣는 동안, 앤 섀클록이 아무런 탈 없이 편자를 박았다.

멀찌감치 거리를 두고 따라온 사람들의 다수가 억울해했다. 소녀가 다칠 거라는 데 내기를 건 자들은 잃은 돈을 되찾고 싶어 했고, 아무 내기도 걸지 않은 자들조차 잃은 돈을 되찾고 싶은 듯이 굴었다.

그들이 소란을 피웠지만 말은 동요하지 않았다.

사람들이 떠나고 말과 말 주인도 떠났다. 말은 주인이 자기 등에 올라타는 게 싫어서 몸부림을 치고 발길질을 했다. 소녀는 동전을 못 받았다. 동전을 주겠노라는 말은 거짓말이었다. 그때 문간에 서서 파이프 담배를 피우던 앤 섀클록이 소녀를 부르더니 시킬 일이 좀 있다고 했다. 갓난아기 돌보기인가 보다, 소녀는 짐작했다. 하지만 앤 섀클록은 곧장 소녀를 용광로 한복판으로 데리고 가서 부지깽이와 집게발을 건네주고는 뜨거운 열기 바로 옆에 세웠다.

클링커(clinker)가 뭔지 아니? 그녀가 물었다. 몰라? 저 안에 있는 석탄보다 가벼운 물질인데, 그 밑에서 엉겨 붙어서 우리가 불로 하려는 일을 못 하게 방해하지. 불은 클링커를 싫어하고 클링커도 불을 싫어해. 자. 여기. 그런 증오가 보이는지 보고 그걸 긁어내서 버리자.

소녀는 불을 찔러 보고 그 안을 들여다보더니 클링커 같은 것이 잡히는 대로 크고 작은 덩어리들을 끌어냈다.

잘했어. 앤 새클록이 말했다. 내가 준 연장들은 이제 네 것이란다. 그것들은 너의 새 손이야.

앤 새클록은 용광로 옆 나무만큼 튼튼했고, 때로는 키도 그만큼 커 보였다. 뒤로 질끈 묶은 머리에 앞이마에는 젖은 머리칼이 굳어 붙어 있었고 불에 그슬린 팔과 손과 얼굴의 피부는 강인했다.

그녀는 소녀를 도제로 삼았다.

그리고 감독관을 찾아가 서류에 서명했다.

네 아버지는 어떻게 되신 거니? 그녀가 물었다. 그리고 어머니는?

병이 들더니 어느 침대에서 숨을 거두었다고 소녀가 대답했다.

너도 병이 들었니? 앤 새클록이 물었다.

저도 병들었지만 죽지는 않았어요. 소녀가 대답했다.

그럼. 앤 새클록이 말했다. 죽지 않았지.

앤 새클록은 소녀에게 연필과 칼과 얇은 나뭇조각

을 주고 배워 나가게 했다.

망치보다 글자와 숫자가 먼저여야지 안 그랬다간 손을 망쳐서 다시는 쓸 수 없게 될 거야. 그녀가 말했다.

그리고 덧붙였다. 어떻게 숫자를 이렇게 잘 아니? 보아하니 아예 학자나 음악가라고 해도 믿겠구나. 누구한테 배웠어?

몰라요.

숫자에는 음악이 들어 있었어. 앤 새클록이 그녀에게 말했다. 숫자를 풀어 보면 그 안에 음악이 들어 있었던 것과 마찬가지로 망치에도 음악이 있어서 만들고자 하는 그것의 어디를 언제 어떻게 두드려야 하는지, 그것을 돌리면서 언제 모루를 두드려야 하는지 알려 준단다. 인간의 귓속에는 망치와 모루가 들어 있었거든. 그녀가 말했다. 왜냐면 대장장이 일은 일종의 듣기니까. 그리고 그녀는 소녀에게 무거운 망치와 가벼운 망치가 서로 다른 소리를 낸다는 사실에 대해, 모든 음악은 그 가벼움과 무거움하고 연관이 있다는 것을 처음으로 발견한 피타고라스에 대해 말해 줬다.

사람들은 우리의 음악 때문에 우리와 멀리 떨어져서

산단다. 앤 새클록이 말했다. 우리가 불을 다루고 하나의 물질을 다른 물질로 변화시키는 무서운 사람들이기 때문이기도 하고. 우리의 마술을 보면서 우리를 좋아하다가도 분별을 잃으면 우리가 흑마술을 행한다고 믿으며 겁내고 분개하지. 어쨌든 우리 아버지는 그 소리에 맞춰 춤을 춰도 될 만큼 모루를 멋지게 다루셨어. 나는 그런 재주가 없는데 너한테서는 들리는구나. 아버지가 가르쳐 주신 것처럼 너를 가르쳐 주마. 사람들의 불평이 그칠지도 모르지. 자기 집이 우리가 내는 소리로 가득 차 들썩거리는 걸 좋아할지도 모르고. 그래도 조심해라. 그들은 무슨 일이든, 정말 아무 일에나 화를 내거든. 자기들에게 없는 힘을 우리가 갖고 있다고 생각하고. 물건들을 만들고 고치는 일을 우리에게 의존하다 보니 화가 치미는 거야. 그리고 네가 이리 생겨난 이상, 곱절로 조심해야 한다. 대장장이 남편은 거부했는데 마누라가 십자가 못을 만들었다고 늘 소리소리 질러 대니까. 그거야말로 우리가 온갖 악으로 가득 찬 무시무시한 존재여서 자기들이 마음만 먹으면 태워 죽일 수 있는 증거라는 식이지. 만드는 물건들도 조심해야 해. 아름다움은 쾌감뿐 아니라 분노를 일으킬 수도 있어. 평범하게 만들도록 주의해라. 다르게 만들어 달라며 값을 높이 쳐준다면 모르지만.

앤 새클록은 자라나는 소녀의 몸에 맞춰 해마다 자기 옷을 고쳐 주었고 철마다 구멍 없는 새 앞치마를 만들어 주었다.

몸놀림이 자유로워야지 안 그러면 다치기 쉬워. 민첩하게 몸을 움직일 수 있어야만 해. 가죽은 땀이 나고, 리넨이 몸놀림에 좋기는 한데 비싸지.

그녀는 소녀에게 불을 읽는 법, 불을 더 지피고 줄이는 법, 만들고 있는 것에 꼭 맞게 불을 조절하는 법, 불빛의 사윔과 피어오름, 만들고 있는 것을 언제 다시 열기 속으로 밀어 넣고 언제 꺼낼 준비를 해야 하는지, 풀무로 온도 조절하는 법, 발로 풀무 페달을 밟아 열과 연기를 피해 실내 반대편에 걸린 바구니 안의 아기가 지붕을 가로질러 묶어 놓은 밧줄에 의해 얼러져 잠들거나 울음을 그치거나 하여 작업이 방해받지 않도록 하는 법 등을 가르쳤다.

바다와 버지니아에서는 더 나쁜 일들이 일어나고 있어. 화상을 입은 소녀에게 앤 새클록이 말했다. 내 말을 따라 해 봐, 어서. 화상 부위를 물에 담그고, 그대로 둔 채, 그 위로 물을 찰랑이는 거야. 화상이 심하거든 물을 부어 주면 더욱 좋아. 계속 더 부어. 물을 붓거나 찰랑이며 이 말을 느리게 백 번 반복해 봐. 더 나쁜 일들이 일어나고 있어, 더 나쁜 일들이 일어나고 있어, 바다와 버지니아에서는 더 나쁜 일들이 일어나고 있어.

그녀는 철광석을 녹여 무쇠에서 모래를 제거하는 법을 가르쳤다. 무쇠는 냄새가 매캐하고 강철은 좀 더 달콤하지. 강철은 플렘랜드 산이 최고고, 포레스트오브딘은 무쇠로 유명하단다. 아울러 장식품에 필요한 쐐기 박기와 매끈한 절단에 필요한 강타 기술을, 새벽불을 피우고 통행금지 시간에 불을 끄는 법을 가르쳤다.

어느 날 장터에서 떠돌이 잡범에게 낙인을 찍게 되어 있었다. 사람들이 앤 새클록을 찾아와 새 낙인을 만들어 달라고 했다. 앤 새클록은 소녀에게 그것을 만들게 했다. 그녀는 소녀가 나무 손잡이를 막대에 고정시키는 것을 지켜본 다음 양각 글자를 준비하고 만드는 방법을 보여 주었고, 그 글자의 측면을 최대한 말끔하게 정리하는 법을 가르쳤다. 그렇게 해 놓으면 나중에 훨씬 수월하지.

그녀가 말했다. 그 가련한 사람도 상처가 훨씬 깨끗이 낫고. 그들이 감당해야 할 불명예도 모쪼록 그렇게 깨끗이 낫기를.

소녀가 그것을 만드는 동안 앤 새클록은 그들이 만드는 글자의 유래를 말해 주었다. 새에서 시작됐다고 했다. 이집트의 한 필경사가 새를 하나 그렸어. 새의 머리들, 날개들, 몸통, 발들을 옆에서 새를 바라보듯 그렸지. 그러자 새 모양이 뭉그러지며 바로 아래 직선이 그어 내려진 동그라미가 됐고 그게 또 두 팔을 하늘 위로 뻗고 몸체가 아래 붙은 Y 자 비슷한 글자가 돼 버렸어. 그러더니 더욱 순화되어 몸체도 필요 없이 탄원하는 팔들만 남았어.

갈라진 둘이 하나로 모이게 해 달라고.

모든 닫힌 것들이 하늘을 향해 열리게 해 달라고.

그게 바로, 낙인을 기름에 넣어 완성하며 앤 새클록이 말했다. 글자 V가 뜻하는 거야. 그리고 이 낙인은, 그게 누구에게 찍히건, 다른 사람들과 다른 떠돌이와 방랑자, 우리 대부분보다 훨씬 더 자유롭고 그 자유 때문에 가엾게도 수난을 당하지만 그럴 수 없는 우리를 대신해 자유롭게 걷는 사람을 가리키는 표식이란다.

앤 새클록은 다른 나라들에서 온 말들을 알았다. cur는 cover의 줄임말이었고 few는 fire를 가리키는 말이었다. 대장간 일을 시작하기 전, 아들이 없던 아버지가 그녀를 영특하다고 여기고 수녀들에게 보내 배운 말들이었다. 열네 살까지 그들에게 배우고 돌아와 아버지가 죽기 전까지 함께 일했다. 아버지는 피와 멍으로 팔과 얼굴이 용광로의 쇠처럼 검푸르러져 돌아가셨어. 앤 새클록이 말했다. 역병에 뭉그러뜨려졌던 거지.

앤 새클록은 역병을 피하려고 온종일 파이프 담배를 피웠다.

*

그녀는 성 엘리지오가 말을 다루는 수완이 얼마나 뛰어났고 금속을 하염없이 늘어뜨리는 재간은 또 얼마나 기막혔는지 소녀에게 말해 주었다. 그 덕에 우리가 먹고사는 거야. 그녀가 말했다. 그런데 너는 이미 말도 금속도 다 잘하잖아. 우리가 하는 일은, 그녀가 소녀에게 말했다. 말의 발을 돌보고 조금속을 귀금속처럼 반짝거리게 만드는 거야. 말의 발은 귀하고, 조야한 것도 빛날 수 있어. 알겠지? 뭐든 구부려지지 않으면 열을 흘려 넣어 봐. 뻣뻣했던 본성도 나근나근해질 수 있단다. 가장 맹렬한 흙도 공기도 물도 불도, 4대 원소 전부 다, 말이 그렇듯 우리와 협력하게 설득될 수 있어. 우리가 그들의 힘을 존중하고 그들의 언어를 배우기만 하면 말이야.

아직 어렸을 때 개들 잠자리에 들어가 개들과 함께 잠을 자려는 소녀에게 앤 새클록은 옆 바닥에 앉아서 모든 대장간의 신인 불카누스 이야기를 해 주었다. 그가 흙과 진흙과 열을 가지고 소녀를 만들었는데 그 소녀가 세상의 온갖 악이 든 상자를 열어 버리는 통에, 박살 난 벌집에서 말벌들이 뛰쳐나오듯 악이 흘러나왔고 이후 상자는 텅 빈 것처럼 보였으나 사실은 아니었으니, 왜냐하면 악의 밑바닥에 아직 세상의 선이 남아 있었기 때문이라는 이야기였다.

그 상자에 적합한 자물쇠가 없었군요. 소녀가 고개를 저으며 말했다.

소녀의 말에 앤 새클록이 웃음을 터뜨리고 반대편

벽의 침대에 누워 있던 잭 섀클록도 따라 웃는 바람에 아기가 잠이 깨고 개 한 마리가 공중으로 뛰어오르고 다른 한 마리는 침대에서 뛰어내려 어리둥절한 얼굴로 방 한가운데에 서 있었다.

이게 첫 번째 이야기였다.

다음 이야기를 해 줄게. 불카누스의 어머니는 주노(June)라는 이름의 여신이었는데, 6월이란 달은 온화하다지만 이 여신은 완전히 딴판이어서 아기 불카누스를 미워했단다. 뭔가 이유가 있었을 텐데 뭔지는 나도 모르겠고, 어쨌든 아기가 너무 미워 자기가 사는 산의 꼭대기에서 아기를 떨어뜨렸어. 그 산은 하도 높아 아기 불카누스는 석 달을 굴러떨어졌어. 어떻게 굶어 죽지 않았을까 싶은데, 떨어지면서 무슨 약초 같은 걸 움켜쥐었던 게 분명해. 마침내 바다에 떨어지자 뜨거운 금속이 냉각수 양동이에 떨어질 때와 같이 뜨거운 증기가 솟구쳤어. 그리고 수면에 하도 세게 부딪친 탓에 다리가 부러졌는데 막상 바닥에 가라앉으니 부러진 다리도 그다지 불편하지 않아 돌고래를 말 삼아 그 위에 올라탔어.

소녀는 이 이야기가 좋았다.

또 다음 이야기야. 지난해 여기 광장에서 낙인이 찍힌 가엾은 방랑자가 어느 날 해변에 불을 피워 놓은 채 그 불에 구울 고기를 손질하러 자리를 떴어. 그날 불카누스가 세상을 좀 둘러보러 바다에서 나왔지. 바다 말 백 마리의 도움을 받아 해수면까지 올라왔는데 백 마리나 필요했던 것은 바다 말들이 지상의 말들보다 훨씬 작았기 때문이야. 그들의 흰 갈기는 파도 속에서도 잘 보였고, 꼬리를 발처럼 썼는데 물론 꼬리에 편자를 박을 수는 없기에 편자도 필요 없었어. 절름거리며 해안에 선 불카누스에게 불이 보였어. 난생 처음 본 불과, 잉걸불 속 붉은색과, 그는 사랑에 빠져 버렸어.

그래서 그는 속이 빈 커다란 조개껍질을 집어 석탄의 잉걸불과 장작의 잉걸불을 거기 집어넣은 뒤 바닷속으로 돌아가 불을 피워 놓을 수 있는 동굴로 그걸 가지고 갔어. 믿기 어려운 이야기지만, 그랬단다. 바닷속 그 동굴 안에서 불카누스는 너나 나나 새클록 씨가 그러듯 그리고 우리 아버지가 그랬듯 불 읽는 법을 배운 거야.

그는 못과 대못과 칼에서 시작해 장검을 만들더니 이어서 쟁기까지 만들어 바다 바닥 모래밭에 고랑을 내어 바다 옥수수와 바다 귀리를 재배했어. 그러고는 금으로 말 우리를 만들어 자신의 말 백 마리를 넣어 기르며 그 말들을 타고서 바다 밑의 먼 길을 오갔지. 그런가 하면 목걸이와 반지와 팔찌, 머리 장식과 앙증맞은 사슬에 달린 작은 장신구들을 만들어 인어들에게 나눠 주어 환성을 불러일으키기도 했어.

앤 섀클록은 인어들의 허영은 불카누스의 탓이라며 이렇게 말했다. 그 허영 많은 인어들 중 하나가 해안에서 본 한 남자에게 반해 바다를 저버리고 남자를 찾아 떠났다가 신들과 인간의 지상세계에서 불카누스의 어머니 주노를 만났는데, 인어가 달고 있는 아름다운 장신구들을 본 주노가 자기도 그런 걸 갖고 싶어 이 금속공예 명인을 찾아내라며 바다 밑으로 특사를 보낸 거야.

자기가 만든 장신구를 원한다는 이가 누군지 듣고 불카누스는 소리 내어 웃었어. 그리고 세상에서 가장 진귀한 귀금속으로 아름다운 옥좌를 만들어 특사에게 주었고, 특사는 그걸 띄워 올려 육지로 갖고 나간 다음 소년 소녀 시종 오백 명을 시켜 산꼭대기까지 운반하게 했어. 여신은 그게 평생 본 적도 없는 훌륭한 가구인 줄만 알고 서둘러 다가가 그 위에 앉았어. 그 순간 옥좌의 팔과 다리들이 살아나더니 팔들은 움직이지 못하게 그녀를 붙들었고 다리들은 옥좌에 붙들린 그녀와 함께 춤을 췄어. 그렇게 몇 날을 궁전의 이곳저곳으로 끌고 다녔지. 미쳐 날뛰는 말에 묶인 거나 다름없었을 거야.

신들의 감독자인 주노의 남편은 대노하여 그것을 갖고 올라온 소년 소녀 시종들을 산 아래로, 그리고 바닷속으로 쫓아 보냈어. 우리들의 감독자가 그들을 건져 내 담배 농사를 위해 미국 대륙으로 가는 배에 실어 주지 않았다면 다 익사했을 텐데, 사실 그편이 나았을지도 몰라. 주노의 남편은 이어서 바다 밑 불카누스에게 전갈을 보냈어. 주노를 옥좌에서 풀어 준다면 다른 여신, 사랑의 여신을 아내로 주겠다는 약속이었지. 그리고 그는 곧바로……

벽에 붙은 침대에서 잭 새클록이 아내를 불렀다.

앤. 정말이지, 통행금지 시간이 훌쩍 지났어. 아이 잠 좀 재워라. 걔들도, 불카누스도 그만 재우자. 나도 자야 한다고. 얼른 이리 와.

소녀는 어둠 속에 누워 성 엘리지오와 불카누스와

교회의 신과 모든 신들과 별들에게 감사를 올렸다.

집도 가족도 없는 소녀였지만 이제 이렇게 비슷한 게 새로 생겼다.

금속의 달궈진 부분을 망치로 두드리면 빛 자체가 박편에 담겨 나온다. 그렇게 움직이는 박편 하나하나는 이지러지는 자신의 힘 위에서 이동하는 시간이다.

그게 내가 원하는 거야. 소녀는 생각했다. 시간이 공기의 형태를 취하여 살아 있다가 사라지는 것. 여름 하늘을 화살처럼 가로지르는 별처럼 말이야.

비교해 보면 귀금속은 진흙과 비슷하다.

별은 화살일 수도 있다.

한 물체가 다른 것이 될 수 있다.

영혼은 고정된 것이라서 변치 않는다고들 한다.

하지만 모든 물질은 인간의 손과 원소에 의해 변할 수 또는 변화될 수 있다. 낡은 편자를 녹여 새 편자를 만들 수 있다. 무기를 녹여 대신 농기구를 만들 수도 있고, 농기구를 다시 무기로 만들 수도 있다.

그게 광석과 쇠의, 옛 삶과 새 삶의, 선철과 연철의 차이였다. 그녀는 가난하고 부모도 없이 옥살이를 하다가 돈이나 담배와 교환되어 한없이 먼 곳으로 떠나는 배에 실리는 소녀 시종이 아니었다.

소녀에게는 겨울에도 따뜻한 침대와 함께 누워 몸을 녹여 줄 개들이 있었고, 먹을 것과 지붕과 일자리가 있었다.

교회에서 만나면 미소를 짓는 농장의 크리스틴 그로스라는 친구도 있었다. 두 사람은 어느 일요일 함께 산책을 했다. 크리스틴 그로스는 그녀보다 나이가 많았고 아주 예뻤다. 그녀에게는 텅 빈 장터를 지나 걸을 때 소녀의 팔에 슬쩍 제 팔을 끼워 넣는 버릇이 있어 누군가가 자신을 알아준다는, 아니, 그보다 자신을 보고 좋아한다는 느낌을 소녀에게 주었다.

소녀에게는 여스승이 있었다.

소녀는 말 다루는 것 말고 다른 일도 잘했다.

소녀의 금 줄 세공 솜씨를 처음 보던 날 앤 새클록은 마당을 가로질러 달려가 한낮의 낮잠에 빠져 있는 잭 새클록을 깨워 용광로 앞으로 데리고 와서 함께 보았다.

이후 그녀는 소녀에게 값비싼 경첩과 못과 교회 문 같은 장식품이며 어려운 주문들을 도맡아 처리하게끔

했다.

그러던 중 아기가 기침을 하다 죽었다.

그다음에는 잭 새클록이 죽었다.

그리고 앤 새클록도 죽었다.

이후 일주일 동안 대장간을 차지하고 싶어 하던 사내들이 시간을 끌다 마침내 들이닥쳐 빼앗아 갔다.

그렇게 통행금지 시간이 왔다.

소녀가 문을 두드려서 문을 열면 사람들의 눈에는 떠돌이 좀도둑이 보인다. 소녀를 보자마자 그들은 소녀가 모르는 사람임을 안다.

소녀가 거짓말쟁이에 이집트인인 양 한참씩 보다가, 주로 무서워서 이따금 우유나 죽이나 달걀을 문간에서 주기도 한다. 대부분은 문을 닫고, 소녀의 연장을 훔치려는 사람도 많다. 딱 한 번 한 남자가 새를 훔치려고 한 적이 있는데, 그 숨바꼭질 이후 새는 소녀가 사람들 가까이에만 있어도 소녀의 어깨에 앉지 않고 대신 저만치 떨어져 따라가다가 소녀가 어디 산울타리나 구덩이

같은 곳을 찾아 밤을 보낼 채비를 하면 따라붙게 됐다.

어딘가 쉴 만한 곳을 찾았을 때 누가 가까이 다가오면 새는 자신의 가슴에서 소녀의 가슴으로 웕웕웕 하는 경고음을 전해 소녀를 깨운다.

하지만 사람들이 사는 세상은 소녀가 죽지 않고도 찾아낸 이 내생에 비하면 쓰레기에 가깝다.

그러니 먹을 것이 있고 아직 가을이 아니거나 춥지 않은 한 소녀는 사람들 가까이서 또는 사람들에게 환대를 기대해야 하는 처지는 아직 아니다.

*

어느 날 소녀가 지나가던 마을에 축제가 한창이다. 여기저기 먹을 게 널려 있을 것이다. 술에 취하면 음식은 안중에도 없는 법이다.

마술사의 공연을 보러 사람들이 무대 주위에 모였다. 선원 복장을 한 여자 마술사가 손끝 하나 다치지 않고 공중으로 칼들을 던졌다가 받아 다시 던진다. 칼이 총 여덟 개다. 마술사는 여덟 번째 칼을 받은 다음 여덟 개의 칼을 손에 쥔 채 인사를 한 뒤 허리를 편다. 마술사 선원은 들판을 건너 다가오는 소녀와 날아가는 새를 보았던지 소녀를 가리키며 말한다.

이번에는 저 새 소녀가 노래를 할 겁니다. 그렇지, 얘야?

노래를 하나 알기는 해요. 소녀가 말한다.

그리고 무대 위에 오른다.

소녀는 잭 섀클록이 가르쳐 준 대장장이와 인간의 속임수에 대한 노래를 부른다. 영생을 말하는 마지막 소절을 부르자 무대 주위의 사람들이 환호성을 지르고 동전을 던져 댄다. 소녀는 나무 쪽에 떨어진 동전을 하나 주워 들여다본다. 동전 같은 건 잊고 살았다. 그자들이 소녀를 시궁창에 던진 이후 동전은 본 적도 만져 본 적도 없다.

다시 불러 봐! 사람들이 외친다.

마술사가 무대 위 소녀 옆으로 돌아와 소녀의 손을 잡고 함께 공연을 한 듯 인사를 시킨 다음 구경하는 사람들에게 이 마술사에게 뭐든 원하는 것을 가져오라고, 이 새 소녀가 노래를 한 번 더 하고 나면 가지고 온 그게 뭐든 그걸로 재주를 부리겠노라고 말한다.

한 여자가 자기 아기를 내민다. 이걸로 재주를 부려 봐요!

이십 년 후에 한번 하지요. 마술사가 답한다.

웃음소리가 잦아들자 소녀는 그 노래를 다시 부른다. 사람들이 더 모여들어 아는 부분을 따라 하다 노래가 끝나자 돈을 더 던진다.

다른 노래 불러 봐!

다른 노래 아는 게 없어요.

마술사더러 재주를 부려 보라며 사람들이 가져온 물건들이 무대 앞에 쌓여 있다. 찌그러진 솥, 숟가락, 부러진 낫. 넝마 뭉치, 녹이 슨 열쇠, 우유통의 손잡이, 바퀴, 양동이. 노래를 부르고 내려오며 소녀는 부러진 낫 조각을 집어 두 손으로 무게를 가늠해 본다.

이거 갖고 싶어요. 소녀가 마술사에게 말한다. 달리 원하는 사람이 없고 주인도 다시 가져갈 생각이 없다면요.

그런 물건들 네 개만도 보통 기술로는 안 될 텐데 하물며 다라면 말할 것도 없다. 만져만 봐도 전부 다른 모양에 무게도 다 다른 물건들을 서로 부딪치는 일 없게 박자에 맞춰 가며 공중으로 던져야 한다. 여러 물건들이 공중으로 떠오르거나 내려오는 사이에 뚝 떨어지는 걸 잡아 내고 다른 걸 공중으로 던져 올려야 하는 것이다.

마술사에겐 쓸 만한 대장간이 있을 거야. 소녀는 생각한다.

그 낫은 가져도 돼. 공연이 끝나자 소녀의 어깨에 팔을 두르면서 마술사가 말한다. 어디 가서 뭘 좀 사 먹자. 자, 어서. 기이한 소식, 너를 데려가(carry) 줄게.

소녀가 부른 노래를 두고 하는 말이다. 기이한 소식이 마을에 닥친다. 기이한 소식이 몰려온다(is carried). 소녀는 그날 밤 새와 자지 않고 술집에서 두 팔, 두 손목, 두 손에 칼을 던지고 받느라 얻은 상처들이 또렷한 마술사에게 기댄 채로 그리고 다른 사람들이 소녀 자신에게 기댄 채로 잠이 든다.

그것은 새가 동류의 새 무리와 함께 지내는 것과 같다.

이튿날 아침 유랑극단은 일찍 일어나 일찍 길을 나선다. 그러지 않으면 탈이 난다.

마술사가 말한다.

남은 여름은 우리랑 같이 축제들을 다니자. 노래만 그렇게 불러도 번번이 다 이길걸. 내가 아는 노래들이 있으니까 가사를 알려 줄게. 그럼 겨울 날 돈은 벌 거야.

겨울은 아직 한참 멀다. 이것도 쇠의 불똥처럼 금세 지나가리라는 걸 소녀는 안다. 그런데 다른 사람들하고 술집 문을 나서는 소녀의 눈에 길을 가로질러 피어 있는 산토끼꽃 틈에서 뭔가 움직이는 게 보인다. 새다.

새로 공연할 연극이 있어. 마술사가 말한다. 네가 소년 역을 해도 돼. 아니면 아버지가 살해당하자 미쳐서 사람들에게 이런저런 약초들을 주며 그 뜻을 말해 주는 처녀 역도 괜찮고.

그래서 어떻게 되는데요? 소녀가 말한다.

물에 몸을 던져 죽어. 마술사가 말한다.

소녀가 소리 내어 웃는다.

난 그런 사람 아니에요. 소녀가 말한다.

그런 사람이면서 너 자신일 수도 있어. 마술사가 말한다. 우리가 가르쳐 줄게.

소녀는 길 저 너머에서 만나기로 약속한 다음, 그들이 길모퉁이에 다다르자 손을 흔든 뒤 곧바로 몸을 돌려

제 길을 간다.

낫을 고치면 값이 훨씬 더 나갈 테고, 그렇게 고쳐서 팔 것이다.

그리고 새를 찾을 것이고, 어제 그 사람들과 오늘 벌 돈을 겨우내 어딘가에 숨길 것이다. 그다음 새가 살 황무지로 돌아가는 것이다.

소녀는 돌로 두드려 빨래를 하는 여자에게 대장간 가는 길을 묻는다.

마을 끝까지 가 보지만 연기는 안 보인다.

대장간에는 불도 지펴져 있지 않다.

여섯 시 지난 게 언젠데!

소녀는 건물 뒤에 난 창을 기어오른다. 창은 작지만 소녀는 그보다도 말랐다. 들어가서 이끼와 작대기와 지니고 있는 부싯돌로 불을 지핀다. 그리고 여기 대장장이가 자투리 보관하는 곳을 찾아서 조각들을 정리해 본다. 열기에 신명이 난 손가락들이 일러 주지 않아도 저절로 일을 한다.

무섭게 화가 났다! 정오에 그가 쳐들어온다. 자신이 두드리는 망치 박자에 맞춰 들어오는 소리가 소녀에게도 들린다. 문을 부술 듯 열고 들어오는 그의 손에는 도적과 침입자를 내리칠 쇳덩이가 들려 있다.

그가 그녀를 본다.

어린 소녀다.

그는 걸음을 멈춘다.

소녀가 작업 중인 물건을 그가 집어 올린다. 그리고 옛 칼날과 새로 만든 칼날들이 맞붙는 곳을 살펴본 다음 다시 소녀를 본다.

너 그 말 달래는 소녀 맞지? 그가 말한다. 섀클록 대장간의?

맞는다면요? 소녀가 말한다.

죽었다고들 하던데. 그가 말한다.

아닌데요. 소녀가 대꾸한다. 행복한 유복방랑자(vagabundance)로 살고 있거든요. 이따금 춥고 배가 고프지만요.

이런 말들을 좋아하지 않는 사람이라는 게 남자의 얼굴만 봐도 확실하다. 대장장이라고 다 섀클록 같을 리는 없다.

소녀 때문에 말편자 일거리를 섀클록 대장간에 뺏

졌을지도 모른다.

너무 알려진 것이 알려지지 않은 것만 못한 곳들도 있다. 아직 살아 있다는 소식이 예전 마을에 퍼지면 소녀를 처리한 줄 알고 있던 사내들이 다시 찾아와 죽이려 할 것이다.

대장장이는 소녀에게 앞치마를 벗게 한 뒤 양 어깨를 붙들고 마을 한복판의 커다란 집으로 데려간다. 문 꼭대기에서 바닥까지 자물쇠가 하나씩 풀리는 동안 그들은 기다린다.

유랑극단 소속 아니냐. 감독관이 말한다. 기이한 소식이란 노래를 했지.

감독관은 술에 취해 곯아떨어졌다가 방금 전에 깬 사람처럼 초췌한 얼굴이다.

축제마당에서 봤던 게 소녀도 기억난다.

작은 동전을 주며 동침을 청했던 사람이다.

소녀는 자기 손바닥 위의 동전을 내려다보고 그의 손을 잡을 듯 다른 손을 내밀었다. 그가 손을 내밀자 소녀는 그 손을 잡아 손바닥을 위로 향하게 한 다음 그가 준 동전을 올려놓고 그의 손가락들을 오므리며 자신은 사고파는 물건이 아니라고 말해 줬다.

지옥으로 썩 꺼져, 이년아. (이제 알고 보니 감독관인) 그 남자가 말했다. 당신과 붙어먹느니 차라리 지옥에서 누구와든, 아니, 무엇과든 붙어먹는 게 낫죠. 소녀가 대꾸했다. 마술사와 유랑극단 동료들이 소녀 둘레로 담을 쌓고 남자를 비웃으며 물러나게 했다.

알고 보니 말이네. 감독관이 소녀의 머리 위에서 대장장이에게 말한다. 이 소녀가 소속된 유랑극단이 모종의 선동 혐의로 수배 중이더라고.

알고 보니 그자들은 빈민법이 빈민을 빈민으로 남겨 두려는 법이라며 사람들을 꼬드겨 폭력과 온갖 말썽을 교사했던 거야. 장터 광장에서 농장 일꾼들이 급료에 대해 불평하며 난동을 일으킬 뻔했거든. 뭐 그러니까 술도 잘 안 마시고 제대로 계집질도(fucked enough) 안 하고 사느라 그런 데 관심 있는 놈들이겠지. 제대로 계집질하고 술도 잘 마시는 놈들은 관심도 없어.

완전 조졌다(fucked enough).

곤경에 빠졌음을 소녀는 안다.

그 무리 중 하나야. 감독관이 말한다.

아니에요, 떠돌이는 아니에요. 대장장이가 말한다. 도제로 수련을 받았어요. 기술도 잘 알고요.

나는 어떤 무리 소속도 아니에요. 소녀가 말한다. 그 사람들은 어제 우연히 만났는데 나한테 잘 대해 줬어요. 그리고 어젯밤에 이야기꾼이 한 이야기를 한 자도 안 바꾸고* 두 분에게 다 들려줄 수 있어요.

'한 자도 안 바꾸고'라는 표현이 소녀의 입에서 나오리라고는 예상치 못한 두 사람이 충격의 대상을 보듯 소녀를 바라보았다.

소녀가 말했다. 그리고 그의 이야기가 얼마나 설득력 있었는지, 아울러 그가 말한 진실에 권력을 의심받는 이들이 오늘 여기서 얼마나 분노할 것인지도 말이죠.

소녀가 능변이라고 칭한 남자, 마술사의 친구, 순회극단의 이야기꾼은 아직 여자 복장을 하고 있었다. 축제 마당 군중 앞에서 죽은 자기 아기의 영혼을 깨워 일으키려고 아기가 묻혔다는 강을 건너 떠도는 여인을 연기하며 입었던 옷이었다.

---

* verbatim, 라틴어 'verbatim ac litteratim'에서 기원한 표현.

이 이야기 속의 여인은 자신의 죽은 아이를 찾고 있다. 그녀는 너무나도 필사적인 나머지 나라의 한쪽 끝에서 다른 쪽 끝까지 횡단하며 모든 죽은 아이의 혼을 깨워 놓고 그게 혹시 자기 아들인지 찾아본다. 아직 아들을 찾지 못했다. 이토록 찾아 헤매는데도 아직 못 찾아내서 미칠 지경이다. 그래도 그녀가 깨워 일으킨 아이들의 혼은 그녀에게 감사 인사를 외치며 마치 새처럼 하늘로 올라갔다.

무대 위의 남자는 두드려 편 청동에 막대를 치는 여자가 됐다. 아이의 혼은 그 치는 소리에 맞춰 올라갈 것이다. 여자가 실성했다고 염려하는 뱃사공 그리고 성자와 함께 여자는 배를 타고 강 건너 아이가 묻힌 곳으로 향한다. 이번에는 그녀의 아이다.

죽은 채 땅에서 나와 올라가는 아들을 보고 그녀는 죽을 만큼 아프다.

그런데도 아이는 올라가기를 멈추지 않는다. 공중으로 계속해서 올라가더니 만물 위의 해처럼 공중을 떠돈다.

축제마당의 사람들은 이 이야기에 열광했다. 역병

이 돈 해에 많은 것들을 잃었기 때문이다. 이야기가 끝나자 발을 구르며 울부짖은 뒤 술집까지 유랑극단을 따라갔을 정도로 무언가가 그들의 몸을 녹여 한 몸으로 뭉쳐놓은 것처럼 이야기에 빠져들었다.

술집에서 이야기꾼은 여전히 여자 복장을 한 채 식탁 위에 올라가 샘물이 솟듯 자연스럽게 자신을 통해 나오는 말을 사람들에게 전했다. 여러분의 급료는 일해서 잘살 수 없도록 의도적으로 낮게 책정돼 있습니다. 여러분이 계속 굶주려야 잘사는 사람들이 있으니까요. 그 사람들은 여러분 덕에 부자로 사는 것입니다. 그런데 그자들이 여러분의 값어치를 깨달을 수 있도록 일을 중단하면 어떨까요? 그리고 여러분이나 제가 한 장소에서 다른 장소로 이동하는 게 어째서 죄일까요? 가진 게 없는 것이 어째서 죄일까요? 이것들은 죄가 아닙니다. 그가 말했다. 또한 이것은 우리가 그 속에서 자유롭게 살 수 있는 이야기가 아닙니다.

지금, 그러니까 다음 날, 감독관의 방에서 대장장이가 자기 발을 내려다보고 있는 가운데 감독관은 소녀를 바라보며 낙인을 찍어 마땅할 죄목들을 소녀의 머리 위에 나열하는 중이다.

선동죄. 사기죄. 부랑죄. 소란죄.

저, 그런데요. 대장장이가 말한다.

그가 감독관의 하인이 연장이며 돈 따위 소녀의 소지품을 죄다 올려 둔 탁자로 다가가서 낫의 날을 들어 감독관에게 내밀며 고친 자리들을 가리킨다. 감독관이 탁자로 다가와 손가락으로 소녀의 소지품들을 툭툭 건드리더니 망치를 들고 무게를 가늠해 본 다음 펜치, 부싯돌과 함께 집어 가져가라는 듯 대장장이에게 내민다. 대장장이는 받아 든 소녀의 물건들을 어쩔 줄 모르겠다는 눈으로 바라본다.

감독관은 수리한 낫을 집어 벽난로 옆 장작 더미 뒤에 놓는다. 가지려는 것이다.

탁자 위에 있었던 돈도 사라지고 없는 게 소녀 눈에 보인다.

상관하지 않는다. 다른 세상들을 알고 있어서다.

연장들도 자네 것을 훔친 거야. 감독관이 말한다. 도둑년이기도 한 거지.

아니에요. 대장장이가 말한다. 저 소녀의 연장이에

요. 저 소녀 거라고요.

이제 자네 거라네. 감독관이 그에게 말한다.

대장장이는 들고 있던 물건들을 바닥에 내려놓고 한 발짝 물러선다.

가져가. 감독관이 말한다.

그렇게 해요. 소녀가 대장장이에게 말한다. 누구든 요긴하게 써야 옳아요.

대장장이가 부끄러운 낯으로 소녀를 힐끗 본다. 소녀는 미세하게 고개를 가로젓는다.

더 나쁜 일들이 일어나고 있다.

*

감독관은 소녀를 사흘간 지하실에 가둔다. 그래도 손끝 하나 건드릴 생각만은 못 한다.

좋다.

사흘 후 어두운 밤, 그는 남자 하인을 시켜 소녀를 무개수레 뒤에 실은 뒤 수마일 떨어진 소녀의 마을로 데리고 가 거기서 처리되도록 한다. 법이 그렇다. 여기 사람들 대부분이 몸이 꽁꽁 묶인 채 수레 뒤에 실려 돌아온 소녀를 보고 아직 살아 있었네 하며 깜짝 놀란다. 죽은 줄로만 알았기 때문이다.

소녀가 죽었다가 복수를 위해 살아난 성녀 아이라는 소문이 돈다.

그런 소문은 소녀에게 득이 될 수도 해가 될 수도 있다.

게다가 소녀는 여자치고 말이 너무 많기도 하다. 남자 식으로 훈련받은 탓인데 그건 망할 징조인 거고, 불화를 불러오는 소녀인 거다. 어깨에 새를 얹고 세상을 떠돌면서 갖은 마귀의 소행을 저지른다는 소문도 있다.

그래도 판결이 내려지고 선포되기를 기다리는 자들을 가둬 놓는 빵가게 안쪽 방에 소녀가 갇혀 있는 동안 그 집 딸이 먹을 걸 넉넉히 갖다주는가 하면 선물을 가져와 잠긴 뒷문 아래 틈새에 남몰래 두고 가는 사람들도 있다. 자물쇠를 따는 건 누워서 떡 먹기지만 그래서 뭘 어쩐단 말인가. 문 밑 틈으로 꽃이 차례로, 그리고 양털 옷과 담요가 납작하게 눌려 들어온다.

그자들이 원하면 눈가에 인두를 대어 눈이 멀게 할

수도 있다.

저기 저 여자, 인파를 뚫고 판결을 들으러 가는 길에 소녀는 생각한다. 허리가 아픈 남편을 대장간으로 데리고 와 내가 고쳐 준 적 있었어. 저기 저 사람들은 다리가 아픈 아이가 있었는데 그 애를 위해 내가 반년간 냉각수를 갖다줬잖아. 이제 나만큼이나 크고 꽤 튼튼해 보이네.

척 보기만 해도 어느 집 말인지, 말굽은 어떤 상태인지 낱낱이 아는 소녀는 섀클록 대장간의 그 사내들이 말들의 발을 소홀히 대할 것만 같다.

소녀는 이 마을의 가치 있는, 그러나 잃어버린 존재다.

그 또한 소녀에게 득이 될 수도 해가 될 수도 있다.

그때 판결이 선포된다.

소녀는 다행히도 마녀재판에 회부되지 않는다. 그러므로 교수형을 당하지도 말뚝에 묶여 화형을 당하지도 않을 것이다.

담배 농장으로 보내지지도 않을 테니 성 엘리지오에 감사할 뿐이다.

다만 하루 낮밤을 차꼬에 묶이게 된다.

거기서도 아무도 심지어 주정뱅이들조차 소녀를 괴롭히지 않으니, 죽었다가 복수를 위해 살아난 성녀 아이를 건드리고 싶지 않은 것이다.

장날인 이튿날, 소녀는 정오 전에 일으켜 세워져 사람들 앞에서 앤 새클록이 만든 쇠고리로 팔목을 묶인 채 감독관의 아들에 의해 자신이 만든 것이 확연한 V 자 낙인이 쇄골에 찍힌다.

감독관의 아들은 암울한 표정으로 그 일을 한다.

그 일이 일어나는 동안 군중들 중 여자들 다수는 고개를 돌려 공공연한 반대 의사를 표한다.

이런 오락거리 앞에서 일어나는 환호성과 왁자지껄한 분위기가 대체로 없다.

이처럼 가시적인 반발은 또한 소녀가 최대한 빨리 이곳을 떠나야 하며, 그러지 않았다간 억지 죄목으로 다시 붙잡혀 첫 번째 행사 때 제대로 즐기지 못한 데 대한, 또는 그 행사 자체에 대해 불편한 느낌을 경험해야 했던 데 대한 보복의 차원으로 이 모든 일이 되풀이될 것임을 스스로 잘 알고 있다는 뜻이기도 하다.

그들이 팔을 풀어 주자 소녀는 화상 부위를 식히려고 바로 우물로 달려가지만 너무 아파 물을 길어 올리지 못한다.

인파를 뚫고 소녀 셋이 다가와 소녀를 돕는다. 소녀는 바닥에 등을 대고 누워 그들에게 지시를 내린다.

첫째 소녀가 양동이에 물을 길어 올려서 항아리에 붓는다. 나머지 둘이 물을 환부에 붓는 동안 첫째 소녀가 물을 더 길어 올려 빈 항아리를 다시 채운다.

소녀들 중 하나는 크리스틴 그로스다.

여긴 내 사촌이야. 양동이를 떨어뜨리려고 우물 가장자리에 매달리다시피 한 크리스틴 그로스가 소녀를 가리키며 말한다. 여긴 내 동생이고.

크리스틴 그로스와 그녀의 여동생이 쏟아지고 흐르는 물로 젖은 바닥에 앉아 환부에 물을 붓는 동안, 사람들은 저마다 집으로 돌아가고 감독관의 부하들이 다가와서 소녀들을 쫓아 보낸다. 그들은 그로스네 농장으로 가지만 크리스틴 그로스의 아버지가 소녀를 마녀라 부르며 집 안으로 들일 수 없다고 한다.

크리스틴 그로스는 대신 마구간으로 소녀를 데리고

간다. 말들은 소녀를 알아보고 고갯짓을 하는데, 소녀가 거의 반평생을 해마다 철마다 그들의 편자를 갈아 주었으니 그럴 만도 하다. 크리스틴 그로스는 양파를 조각내어 화상 부위에 갖다 댄다. 그녀와 여동생과 사촌은 선더클랩이라는 이름의 잿빛 말 아래 소녀와 나란히 앉아 집 안으로 들어오라는 호령이 떨어질 때까지 그들 중 아무도 이 세상에 나오기 전인 거의 이십 년 전에 불렀던 불타 잿더미가 된 마을에 대한 노래 가사를 알려 준다.

소녀는 동이 트자마자 떠난다. 파이 두 개와 사과 일곱 개가 든 보자기가 농장 대문에 걸려 소녀를 기다리고 있다.

웬만큼 길을 걷자 새가 나타나더니 날개를 활짝 펴고 아무런 소리 없이 하늘 아래 곡식들 위를 날아 소녀를 향해 날아온다.

하지만 고난이 눈앞이다. 이제 가을이 오고 있다. 겨울도 머지않았다는 뜻이다.

어느 날 저녁 소녀는 어둑한 그늘 밑에 서서 새클록

대장간의 새 대장장이가 통행금지 시간에 맞춰 앤 새클록이 성 엘리지오와 불카누스 이야기를 들려주고 잭 새클록이 노래를 가르쳐 준 그 옛집으로 마당을 가로질러 걸어가기를 기다린다.

그늘 밑의 소녀를 보고 새 대장장이는 파랗게 질려 저 아래 길거리로 토끼마냥 줄행랑을 친다.

좋다.

이튿날 소녀는 축제에서 노래를 했던 그 마을을 향해 걷는다. 대장간이 가장 먼저 나타난다. 소녀는 길옆에서 대장장이의 통행금지 시간을 기다린다.

대장간에서 나온 대장장이가 기다리고 있는 소녀를 보고 알아봤다는 신호를 한 뒤 돌아서서 대장간 문을 다시 열고 들어가더니 문을 닫는다. 곧이어 그가 물건들을 한 아름 품에 안고 나온다.

그가 길 건너 소녀에게 다가와 그녀의 망치와 펜치와 부싯돌을 돌려준다.

일자리를 원하니? 그가 말한다.

아니요. 소녀가 말한다. 고맙습니다.

내가 거두어 주마. 그가 말한다.

고맙습니다만, 소녀가 말한다. 사양할게요.

언제든 원한다면 여기로 와서 일하렴. 그가 말한다. 내가 여기 있는 한 언제나 환영이다.

아니에요, 소녀가 말한다. 고맙습니다.

그리고 길을 벗어나 숲 쪽으로 향한다.

소녀는 이제 새처럼 자유롭다.

견뎌 낼 수 있는 곳이라면 어디든 갈 수 있다.

새로 부를, 불타는 마을에 관한 노래도 있다. 단지 노래일 뿐이지만 불이 무엇을 할 수 있고, 불이 뭔가를 취해 잿더미로 만들 때 과연 어떤 가치가 남는지 말해 줄 뿐 아니라 그 노래를 부르노라면 그것, 즉 불이 소녀 자신이 되는 것 같고 붉게 타오르다 어두워지는 그 틈새로 열기를 발산할 수 있는 것 같다.

이다음엔 어떤 일이 일어날까?

소녀는 유랑극단을 찾아갈까?

아직 마을 축제가 남은 곳들을 쫓아가 장터며 광장에서 사람들에게 이야기를 들려주고 돈과 음식과 따뜻한 잠자리를 얻는 그들을 발견할까?

그들은 소녀에게 들려준 그 이야기에 소녀가 출연

하게 해 줄까?

복수와 상실로 무너져 미쳐 버린 가엾은 처녀.

바꿀 수 없는 것과 죽느냐 사느냐의 문제를 놓고 고뇌하는 청년.

소녀가 무대 위에서 악당들과 칼싸움을 벌일 때 축제 마당의 군중은 그녀의 뛰어난 검술에 홀려 열광할까?

아마도 그럴 것이, 소녀는 항상 직업상의 연장을 이미 숙련된 자신의 손에 이어 붙은 또 하나의 손처럼 다루었고, 게다가 이제 말라깽이 새의 길고 무척 튼튼한 부리가 어떤 용도로 얼마나 능숙하게 사용되는지도 알기 때문이다.

사람들이 나다니는 여름 한철에 새는 여전히 안전거리를 두고 소녀를 따라갈까? 아니면 마침내 보란 듯이 동료 새들의 세계로 사라질까?

더 추워지면 그녀는 사람들의 세상을 떠나 그런 새들이 모이는 물가에 가서, 머리를 들어 올리고 고개를 돌리더니 무리를 빠져나와 자신 쪽으로 용맹하게 다가올 새가 있을지 기다리고 서 있을까?

소녀가 결국 어떻게 됐는지는, 다만 모든 소녀들의

길을 갔다는 것 외에는, 말하지 않겠다.

새도 마찬가지로 결국 모든 새들의 길을 갔다.

이게 일부라도 일어난 일인지, 소녀나 새가 존재하기나 했었는지.

어찌된 것이든, 둘은 이렇게 여기 있다.

이 짧은 한 순간을 위해 1930년대 아일랜드로 돌아가 보자.

나의 어머니가 될 아이가 드디어 의사의 집에 도착해 커다란 닫힌 문을 두드린다.

닫힌 문 너머 누군가가 문을 차례로 열고는 바깥쪽 문을 연다.

가정부다.

층계 꼭대기에서 그녀는 발을 동동 구르는 내 어머니를 내려다본다.

왜 그러니?

의사 선생님이 언니를 봐 주셔야 돼요.

돈은 있니?

돈 없어요.

가정부는 의사가 저녁을 먹는 중이라 귀찮게 할 수 없다고, 말은 전하겠다고 내 어머니에게 말한다.

어머니가 집에 돌아왔을 때는 어머니의 언니가 숨을 거둔 뒤였다.

이튿날 오후 늦게야 온 의사는 내 어머니의 어머니와 아버지에게 자신이 그들의 딸을 위해 바로 왕진을 오지 않았다고 누구한테든 입을 열었다가는 반역자라고 당국에 고발하겠다고 말한다.

이틀 후 왕진비 청구서가 집으로 날아든다.

이야기의 이런 결말을 내게 말해 주는 것은 아버지다.

지금까지 나는 몰랐다.

멈칫멈칫, 조금씩, 그리고 기다려 왔다는 듯이 아버지는 이야기를 한다.

나는 아버지의 주방에서 전화기를 쳐들고 화상으로 아버지를 문병한다. 먼저 마스크와 안면 보호대를 쓴 의사가 내게 말한다. 아직 안심할 단계는 아니지만 한결 좋아졌다고 한다. 고맙다고, 내가 그녀에게 말한다. 이어서 마스크와 안면 보호대를 쓴 비올라가 병원 아이패드를 아버지 앞에 세워 놓는다. 고맙다고, 내가 그녀에게 말한다. 이게 뭐든 전부 다 기적적이라 그저 모든 게 고맙다고 내가 두 사람에게 말한다.

이제 아버지는 아이패드에 대고, 내게, 마스크 너머로, 그런 게 있는지도 여태 몰랐으나 내게 이토록 가까웠던 역사를 들려준다.

그런데, 그럼, 그분들은 반역자였나요? 아버지의 말이 끝나자 내가 묻는다.

'였나요……?' 아버지가 되뇐다.

아버지가 단단히 눈을 감는다. 아직 질문은 익숙하지가 않다.

나는 나 자신의 어리석음에 움찔하며 대신 전화기를 들고 가 제 바구니에 들어가 있는 개를 아버지에게 보여 준다.

산책 나가고 싶어 어쩔 줄을 몰라요. 내가 말한다. 되도록 빨리 데리고 나갈게요.

아직 내 집이구나, 그럼. 아버지가 말한다. 좋아. 편히 지내라.

우리 대화는 몇 분 전에 이렇게 시작되었다. 내가 아버지에게 제 잠자리에 들어간 개를 보여 주고, 아버지 목소리를 알아듣고 흥분한 개가 멍하니 전화기를 들여다보고, 아버지가 나더러 아직 내 집이구나 그거 좋구나 하고, 내가 아버지에게 내 집에 들이닥친 뜻밖의 방문객들 이야기를 해 주고, 그러자 아버지가 말했다. 나는 병원(hospital) 신세고. 너는 친절하구나(hospitable). 내 집에서 편히 지내거라. 차고에 통조림들이 있다. 참치, 콩, 옥수수 같은 것들. 마음껏 먹어라. 베이컨과 수프, 간 고기도 있지. 냉동실에 말이다. 설거지는 해야 한다. 깨끗하게 제대로. 말끔히 닦아 찬장에 넣어 둬라. 미루지 말고 그때그때 해라.

나는 식기 표면을 말끔히 닦겠다고 아버지에게 약속한 다음 검사 결과 음성이 나오면 바로 찾아가겠노라고 했다. 그러자 아버지는 말했다.

음성. 격리. 그래. 내 탓이지. 내 잘못이야.. 네 엄마가 아니라. 남자를 잘못 만난 거야. 시기도 그랬고. 가망이 없었던 거야. 내 탓이다.

웬 쓸데없는 말씀이세요. 내가 말했다.

우리에게는 다른 수가 없었다. 아버지가 말했다. 특히 네 엄마는 더. 다른 수가 없었어.

아버지가 조금씩, 뚝뚝 끊기는 문장으로, 어머니와 의사 이야기를 들려준 것이 이때였다.

이제 아버지는 화면에서 내가 보이는 지점을 향해 눈을 가늘게 뜨고, 사실 나라기보다 내 옆을 내려다보며 고개를 가로젓고 말한다.

웬 요정 타령이냐.

이제 돌아오셨군요. 내가 말한다.

네가 여기 와 있는 꿈을 꿨는데. 아버지가 말한다. 내게 낱말들을 말해 줬지.

그건 진짜였어요. 정말로 그랬어요. 꿈이 아니었어요. 내가 말한다.

그러고는 내가 새 위에 있었어. 아버지가 말한다. 아니 낱말이었나? 죽기 살기로 매달렸지. 그 목을 잡고 말이야. 죽기 살기로! 나무들 위로 높이 올라갔단다. 아, 굉장했어. 저, 그, 지붕들이 다 보였어. 그게, 알잖니, 내가 지은 집들의 지붕들. 위에서 그것들을 내려다봤다.

비올라가 내 전화기 화면에도 나타난다.

이 분 남았어요, 그레이 씨. 그녀가 말한다. 이 분이에요, 샌드.

말해 봐라. 아버지가 말한다.

제가 무슨 말을 하면 좋겠어요? 내가 말한다.

아버지의 눈이 다시 황망해진다. 그걸 보는 내 가슴이 쓰라리다. 그래서 나는 아버지에게 날씨가 좋고, 사람들이 봉쇄 따위는 일어나지도 않은 듯이 군다고, 아주 화창한 날 차를 몰아 공원 앞을 지나치는데 바이러스 따위는 모르는 일이라는 듯 사람들로 가득했다고, 그리고 코옵(Co-op)* 앞을 지나칠 때는 어떤 젊은 여자가 문을 열고 튀어나오는데, 하도 빠르게 달리는 데다 하도 허술한 윗도리를 입은 나머지 젖가슴 한쪽이 삐져나와 덜렁거리더라고, 아주 신이 나 아마존 여전사처럼 달렸다고, 양손에 와인 한 병씩을 들었고 뒤에서 그녀를 잡으러 쫓아오는 경비원 역시 미친 듯 뛰더라고 말한다.

아버지가 느닷없이 큰 소리로 웃음을 터뜨리는 바

* 영국의 식료품 상점 체인.

람에 비올라가 달려와 괜찮은지 살핀다.

가 뵈어도 괜찮다는 결과가 나오는 대로 갈게요. 내가 아버지에게 말한다.

아버지가 마스크를 쓴 채 고개를 끄덕이자 비올라도 손을 흔든다. 그녀가 흔드는 손, 옆에서 최선을 다해 나를 보고 있는 것이긴 했으나 마치 전혀 내가 아닌 듯 내려다보는 아버지의 눈에서 화면이 얼어붙는다.

전해지는 말에 따르면……

우리가 아버지의 집에 온 이후 매일 아침 여덟 시 삼십오 분 정각에 아버지의 개는 현관문 앞에 앉아 한 발을 이미 긁힌 부분에 대고 더 긁어 니스 칠이 깔개 위에 떨어지게 만든다.

오늘 아침 개가 거기 가 앉자 나는 개 목줄을 가지고 와서 문을 연다.

개는 뛰어나가 정원 문 앞에서 나를 기다린다. 그리고 적재구획에 세워 놓은 내 차로 달려간다. 어떤 게 내 차인지를 아는 개는 그 옆 길가에 앉아서 기다린다.

내가 엉뚱한 방향으로 회전할 때마다, 그러니까 왼쪽으로 꺾기를 바라는데 내가 오른쪽으로 꺾거나 오른쪽으로 꺾기를 바라는데 내가 왼쪽으로 꺾을 때마다 개는 내가 차를 되돌려 제가 원하는 방향으로 다시 꺾을 때까지 계속 짖는다. 나는 개의 머리가 돌려진 방향, 그리고 개의 귀의 각도를 확인하고 어느 쪽으로 꺾을지 판단하기 시작한다. 우리가 강변도로로 진입해 개가 코를 킁킁거리고 꼬리를 흔들며 조수석에서 일어나 앉을 때면 차를 세울 시간임을 안다.

나는 목줄을 개에게 걸어 주고 차에서 내보낸다.

개는 공원 쪽으로 나를 끌어당긴다.

개는 도로와 공원 사이 출입문 옆의 가축 진입 방지판 가장자리를 발이 구멍 사이로 빠지지 않게 네 발을 조심스레 옮겨 가며 걷다가 길 위에 앉아 나를 본다. 목줄을 풀어 줘야 한다는 것을 나는 깨닫는다.

신이 난 개가 풀밭을 가로질러 달린다.

나도 잎이 무성한 나무들 아래 길을 따라 걷는다. 내게 결핍된 그 무엇처럼 만물의 색이 나를 덮친다. 뭔가가 제 길을, 제가 받고 돌려주는 빛으로 밝혀진 열린 길을 가고 있다는 확인 같은, 가까이에서 보면 흙의 색이자 멀리서 보면 하늘의 색인 강이 넓어지고 또한 굽이진다.

나는 어찌하여 여기서 수십 년을 살고도 이곳을 와서 보지 못했을까? 두어 해 전 휴가 중인 누군가를 대신해 시의회 임시직으로 겨우 이 주 동안 일하면서 나는 공원을 집이나 아파트로 뒤덮고 싶어 하는 회사들의 신청서를 수없이 목격했다. 그때 나는 이 공원이 칠백 년, 육백 년, 오백 년 전에 무더기로 시신을 던져 넣은 이 도시의 역병 희생자 공동묘지였음을 알게 됐다.

우리는 지금 여기 그런 것들의 표면 위에 서 있다.

멀리서 교회 종이 울린다.

나는 걸음을 멈추고 합류식 하수도 범람 경고문을 읽는다.

백조들이 여기저기 무척 많다. 두 마리가 어린 새끼 여섯 마리를 지키며 물 위를 떠가고 있다. 강 저 아래로도 백조 두 마리가 앉아 있는데 둘 다, 저게 뭐지, 짙은 색깔의 무언가를 흰 꼬리 깃털에 달고 있다. 발인가? 둘 다 한 발을 수면 위로 쳐들고 발을 일광욕하는 걸까? 챙 넓은 모자를 쓴 남자가 벤치에 앉아 기타 코드를 튕기고 있다. 길 건너편에 백조 한 마리가 서서 남자의 기타 연주를 듣고 있다.

강배 굴뚝에서 나무 타는 연기가 솟구친다. 그 냄새가 주는 쾌감에 나는 깜짝 놀란다. 강둑 저 아래 배들 사이로 한 남자가 낚시를 하고 있다. 거기서 약간 더 내려가면 회색 왜가리가 마치 남자와 한 무리지만 예의를 지키느라 조금 거리를 두는 듯 낚싯줄이 수면과 만나는 지점을 바라보고 서 있다. 깍깍대는 까치들이 있다. 시끄럽게 소리를 지르는 까마귀들과 쇠물닭들, 갈매기들이 있다. 개와 산책하는 사람들, 아스팔트 길 또는 싱그러운 잔디밭 길을 따라 걷는 사람들이 있다. 나무에 걸린 밧줄 그네가 있고, 그 그네를 타 본 모든 사람들이 나무 둘레에 만들어 놓은 헐벗은 흙바닥도 있다. 공원을 가로질러 풀을 뜯는 소들이 있다. 그들은 모두 같은 방향을 바라보고 있다. 동물 자기장. 그들은 자전거를 타거나 조깅을 하는 사람들 앞의 아스팔트 길을 가로질러 거닌다. 눈은 크고 순하고 언제라도 불신할 준비가 되어 있으며, 기질은 낙천과 짓궂음의 중간쯤이고, 몸집은 가까이서 보면 굉장하다.

아버지의 개가 풀밭 건너에서 자전거 위의 누군가에게 달려들며 짖더니 거의 까불거린다 싶게 높은 소리로 연달아 낑낑 짖는 소리를 내며 내게 달려오고, 자전거 위의 누군가도 개와 함께 자전거를 탄 채 내게 다가온다.

젊고 눈부신 이 누군가는 아버지가 개와 산책하며 인사를 주고받던 여자다.

그녀는 알맞은 거리에서 자전거를 멈춘다. 내려오지는 않고 자전거 위에 앉은 채 한 발을 풀밭 위에 내려놓는다..

셰프를 산책시키고 계신가요? 그녀가 말한다.

그래요. 내가 말한다.

셰프 주인은, 그러니까 보통 산책을 시키시는 그분은 어디 계세요? 그녀가 말한다. 괜찮으세요?

우리 아버지예요. 내가 말한다. 입원하셨어요. 바이러스는 아니고요.

천만다행이네요. 그녀가 말한다. 아, 그게 아니고, 괜찮으신 거예요?

아직 안심할 단계는 아니고요. 내가 말한다. 계속 간호받고 계세요.

그리고 내가 덧붙인다.

심장 쪽인데요, 이제 훨씬 좋아졌어요.

걱정했어요. 그녀가 말한다. 거의 매일 셰프가 있나 찾아봤어요. 제가 자전거를 타고 지나가면 셰프가 늘 쫓아다녔거든요. 재미로 말이에요. 항상 함께 소리 내어 웃는데요. 저는 개가 웃는 게 정말 좋아요. 몇 주째 셰프도 아버님도 보이지 않고, 걱정되더라고요. 날씨가 아주 궂은 날에도 늘 마주치며 인사를 나눴으니까요.

네. 내가 말한다.

아버님께 안부 전해 주시겠어요? 그녀가 말한다.

그럼요. 내가 말한다. 고마워요.

그녀가 바퀴를 조정하여 마을과 멀어지는 쪽으로 자전거를 돌린다. 그리고 어깨 너머로 외치며 나아간다.

아버님께 안부 부탁드릴게요.

그럴게요. 내가 말한다.

그녀는 칼새(swift)처럼 빠르게(swift) 출발한다.

그러다 브레이크를 밟아 자전거를 멈추고 다시 한 발을 길바닥에 내려놓더니 고개를 돌려 이 아침 공원을 산책하는 다른 사람들의 머리 위로 내게 외친다.

그쪽도요. 그녀가 말한다. 만나서 반가워요. 안녕하세요.

나도 따라 외친다.

안녕하세요.

감사의 말

국민보건서비스, 그리고 거기서 일하시는 모든 분들께 가장 큰 감사를 드립니다.

그분들이 계셔서 얼마나 다행인지 이제 모두가 다 아는 사실이고, 그분들을 공격하고 괴롭히는 사람은 우리 모두에게 커다란 해를 끼칩니다.

일반 문헌 및 인터넷상의 자료 다수가 이 책을 쓰는 데 큰 도움이 되었는데, 그중에서도 데이비드 L 맥두걸과 마샤 에번스의 문서가 특히 그랬습니다.

사이먼, 고마워요.

애나, 고마워요.

레슬리 B, 고마워요.

레슬리 L, 세라 C, 엘리, 고마워요.

해나와 허마이어니, 그리고 해미시 해밀턴 앤드 펭귄 사의 모든 분들, 고맙습니다.

앤드루, 고마워요.

트레이시와 와일리 사의 모든 분들, 고맙습니다.

항상 단연 최고인 샌드라, 고마워요.

메리, 고마워요.

세라, 고마워.

옮긴이 김재성

서울대 영어영문학과를 졸업한 후 미국 캘리포니아에 거주하며
출판 기획 및 번역을 하고 있다. 『밤에 우리 영혼은』, 『푸른 밤』, 『빅 서』,
앨리 스미스의 『가을』, 『봄』 등을 우리말로 옮겼다.

이어지는 이야기

1판 1쇄 찍음 2024년 7월 12일
1판 1쇄 펴냄 2024년 7월 25일

지은이 앨리 스미스
옮긴이 김재성
발행인 박근섭·박상준
펴낸곳 (주)민음사

출판등록 1966. 5. 19. 제16-490호
서울시 강남구 도산대로 1길 62(신사동)
강남출판문화센터 5층(06027)
대표전화 02-515-2000 | 팩시밀리 02-515-2007
홈페이지 www.minumsa.com

ISBN 978-89-374-5631-2 (03840)

이 책에 쏟아진 찬사

팬데믹 시대를 담아낸 천재적인 이야기. 시적인 비전과 우화와 소극(笑劇), 역사가 맞물려 만들어낸 '계절 4부작'의 자매편. 《가디언》

재치가 번득이는 작품. 마치 우리의 삶처럼, 모든 것이 뒤죽박죽이면서도 유머러스하고 슬프며 아름답고 신비하다. 《옵서버》

우리가 사는 세상을 신선한 눈으로 보게 하는 작품.
차갑고 우울한 나날을 환하게 밝혀 준다. 《뉴 스테이츠먼》

음악과 언어의 빛으로 살아 숨 쉬는 작품. 《워싱턴 포스트》